CW01628180

…troise. Auteur …nt les polars …petite douceur …érie Noire » de Gallimard, elle est également cinéaste. Elle a écrit et réalisé *Madame Édouard*, adapté du premier tome de sa série avec le commissaire Léon, un flic qui tricote en cachette depuis qu'il a arrêté de fumer… incarné par Michel Blanc. On y retrouve également Didier Bourdon, Josiane Balasko, Dominique Lavanant, Annie Cordy, Bouli Lanners, Andréa Ferreol, Rufus… avec une musique originale de Benabar. Chez Belfond, elle a publié *Babylone Dream* (2007), prix Polar de Cognac, *Nickel Blues* (2008), prix des Lycéens de Bourgogne (décerné par 3 000 élèves), *Tequila frappée* (2009) et *Coco givrée* (2010), prix de la Ville de Limoges. Elle est aussi l'auteur d'une saga avec Mémé Cornemuse, une infernale vieille bique amoureuse de JCVD, dans *Les Vacances d'un serial killer* (2011), grand succès de librairie, *La Petite Fêlée aux allumettes* (2012), *La vieille qui voulait tuer le bon Dieu* (2013, prix du public de Saint-Maur en poche), *Mémé goes to Hollywood* (2014) et *Maboul Kitchen* (2015). Après avoir été introuvables durant des années, *Les Enquêtes du Commissaire Léon* – qui furent parrainées par Frédéric Dard – sont à nouveau publiées par Belfond depuis 2012. Tous ses livres sont réédités chez Pocket. En mars 2016 a paru chez Fleuve Éditions *Elvis Cadillac – King from Charleroi*, le premier volume d'une nouvelle série déjantée.

Retrouvez toute l'actualité de l'auteur sur :
www.nadinemonfils.com

Nadine Monfils

Nadine Monfils est belgo-montmartroise. Auteur d'une soixantaine de romans, dont les polars à succès *Monsieur Émile* et *Une petite douceur meurtrière*, parus dans la collection « Série noire » de Gallimard, elle est également cinéaste. Elle a écrit et réalisé *Madame Édouard*, adapté du premier tome de sa série avec le commissaire Léon, un flic qui tricote en cachette depuis qu'il a arrêté de fumer, incarné par Michel Blanc. On y retrouve également Didier Bourdon, Josiane Balasko, Dominique Lavanant, Annie Cordy, Bouli Lanners, Andréa Ferréol, Rufus… avec une musique originale de [illegible]. Chez Belfond, elle a publié *Les Vieux Amants* (2007), prix Polar de Cognac, *Nickel blues* (2008), prix des Lycéens de Pompignac décerné par 3 000 lycéens, *Tequila frappée* (2009) et *Coco givrée* (2010), prix de la Ville de Limoges. Elle est aussi l'auteur d'une série avec Mémé Cornemuse, une infâme vieille bique amoureuse de JCVD, dans *Les Dernières Volontés de Mémé Cornemuse* (2011), grand succès de librairie, *La vieille qui voulait tuer le bon Dieu* (2013), prix du public de Saint-Maur en poche, *Mémé goes to Hollywood* (2014) et *Maboul Kitchen* (2015). Après avoir été introuvables durant des années, *Les Enquêtes du commissaire Léon* – qui furent parodiées par Frédéric Dard – sont à nouveau publiées par Belfond depuis 2011. Tous ses livres sont réédités chez Pocket. En mars 2016 a paru chez Fleuve Éditions *Elvis Cadillac, King from Charleroi*, le premier volume d'une nouvelle série déjantée.

Retrouvez toute l'actualité de l'auteur sur :
www.nadinemonfils.com

MADAME ÉDOUARD

DU MÊME AUTEUR
CHEZ POCKET

NICKEL BLUES
BABYLONE DREAM
TEQUILA FRAPPÉE

Et dans la série

MÉMÉ CORNEMUSE

LES VACANCES D'UN SERIAL KILLER
LA PETITE FÊLÉE AUX ALLUMETTES
LA VIEILLE QUI VOULAIT TUER LE BON DIEU
MÉMÉ GOES TO HOLLYWOOD

Et dans la série

LES ENQUÊTES DU COMMISSAIRE LÉON

MADAME ÉDOUARD
LA NUIT DES COQUELICOTS

NADINE MONFILS

MADAME ÉDOUARD

Les Enquêtes
du commissaire Léon 1

belfond

MIXTE
Papier issu de sources responsables
FSC® C003309

Pocket, une marque d'Univers Poche,
est un éditeur qui s'engage pour la préservation
de son environnement et qui utilise du papier fabriqué
à partir de bois provenant de forêts
gérées de manière responsable.

Le Code de la propriété intellectuelle n'autorisant, aux termes de l'article L. 122-5, 2° et 3° a, d'une part, que les « copies ou reproductions strictement réservées à l'usage privé du copiste et non destinées à une utilisation collective » et, d'autre part, que les analyses et les courtes citations dans un but d'exemple et d'illustration, « toute représentation ou reproduction intégrale ou partielle faite sans le consentement de l'auteur ou de ses ayants droit ou ayants cause est illicite » (art. L. 122-4).
Cette représentation ou reproduction, par quelque procédé que ce soit, constituerait donc une contrefaçon, sanctionnée par les articles L. 335-2 et suivants du Code de la propriété intellectuelle.

© Belfond, un département place des éditeurs 2012.
ISBN : 978-2-266-25645-2

À Jenny Bel'Air
et à tous ceux de Montmartre
qui m'ont inspiré ces personnages

1

Une maille à l'endroit, une maille à l'envers… Après, faudrait penser à faire une diminution. Pas simple, parce que les pattes de derrière de Babelutte étaient plus hautes que celles de devant. Drôle de bête, ce clébard ! La laine verte allait bien ressortir sur ses poils de moquette. Le veinard ! Ah, çà, il allait être content avec son petit paletot pour l'hiver ! Une maille à l'endroit, une maille à…

Toc ! Toc !

Le commissaire Léon rangea prestement son tricot sous son bureau et fit mine de compulser un dossier.

— 'trez !

— Chef, y a un type qui veut vous parler au téléphone. Y veut causer au patron et à personne d'autre.

— C'est à quel sujet ?

— Il a rien voulu dire, sauf que c'est très grave.

— Bon, passez-le-moi. Dites, Pinchon, vous avez faxé le document que je vous ai donné pour le cabinet du préfet ?

— Euh ! C'est-à-dire que… C'est pas passé.

— Ben, réessayez, mon vieux !

Pinchon s'en alla en soupirant. Il avait horreur

de tous ces trucs modernes et devait faire un rejet. À chaque fois qu'il était confronté au fax, ou pire, aux ordinateurs, il s'emmêlait les pinceaux. Heureusement, il n'avait pas de portable. Il allait demander à Nina Tchitchi, la secrétaire. Elle ferait bien ça pour lui.

Il passa la communication au commissaire Léon et raccrocha dès qu'il entendit son « allô ! » sec et agacé. Il avait dû le déranger dans la lecture d'un dossier particulièrement ardu.

— Vous êtes le commissaire ? demanda une voix plutôt jeune.

— Oui.

— Voilà… J'avais un rancard au cimetière Saint-Vincent hier à minuit, et…

— Curieux endroit pour un rendez-vous !

— Et… j'ai trouvé un cadavre de femme !

— Celle que vous deviez rencontrer ?

— Euh, non, j'avais rendez-vous avec un homme. C'est pour ça que j'ai hésité à vous appeler. Je ne voudrais pas que ça se sache. Comprenez, je suis marié, commissaire.

— Chacun fait ce qu'il veut, cher monsieur, mais je vous conseille de venir faire une déposition.

— Non, je voulais juste vous signaler la chose. Le cadavre se trouve dans un monument funéraire, à côté de la tombe d'un peintre. Je ne sais plus son nom, mais il y a une statue de femme tenant une palette juste à côté.

— On pourrait se retrouver là-bas, je vous donne ma parole de ne rien dire à votre épouse.

— Non, pas confiance dans la police. Désolé.

— Z'avez tort, y a des flics honnêtes.

— Sans doute, mais je n'en connais aucun.

— Donnez-moi au moins un numéro où je peux vous joindre.

— Non, c'est moi qui vous rappellerai. Ah, encore un détail, il manquait un bout de bras au cadavre.

— Un bout de bras ?

— Oui, le droit, à partir du coude.

— Et le type avec qui vous aviez rendez-vous...

Il avait raccroché. La vache !

Léon se calma. C'était peut-être un plaisantin, il y en avait des tas qui passaient leur temps à emmerder les poulets. Mais bon, fallait vérifier. Si ce que le gugusse avait raconté était vrai, Babelutte n'aurait pas son paletot pour l'hiver !

Le commissaire Léon s'était mis au tricot quand il avait arrêté de fumer. C'était le seul truc efficace qu'il avait trouvé pour s'occuper les mains sans replonger dans la nicotine. Et bizarrement, cette activité « honteuse » avait eu sur lui un effet zen. Quand Léon tricotait, il se sentait envahi par une sorte de bien-être proche du nirvana. Et c'est ainsi qu'il avait pu dénouer bon nombre d'énigmes. Le tricot était devenu une passion pour lui, une passion d'autant plus forte qu'il ne pouvait s'y adonner qu'en cachette. Si quelqu'un avait découvert son secret, il serait devenu la risée de tout le quai des Orfèvres ! En revanche, tout le monde savait qu'il allait voir les putes de temps à autre, et ça, ça ne posait pas de problèmes. Le lieutenant Bornéo lui-même avait confié que ça le rendait plutôt sympathique à ses yeux.

— Un flic qui vit avec sa vieille maman, s'il va pas voir les putes, on croit qu'il est pédé.

— Et alors ? avait répliqué Léon.

— Alors, dans la police, on n'aime pas se faire enculer.

Ce jour-là, Léon avait compris que s'envoyer en l'air avec une rosace de Prisunic, c'était mieux que de taquiner les aiguilles à tricoter. Et comme les interdits ont toujours une saveur attirante, il avait fini par préférer le tricot aux putes.

— Viens, Babelutte !

Le chien qui dormait à ses pieds ouvrit un œil désapprobateur. N'aimait pas qu'on le dérange. Son rêve était de vivre dans une grande pantoufle au bord de la mer. Et de regarder courir tous ces cons de chiens après leur baballe.

— Allez, mon vieux, au boulot !

Babelutte secoua la queue à la vue du morceau de chocolat que lui tendait son maître pour l'inciter à le suivre. Parce que le courage de ce Rantanplan de la police n'était mû que par la gourmandise.

Le commissaire Léon glissa son flingue dans son holster, enfila son blouson d'aviateur et sortit. À quarante ans, plutôt mince, les cheveux noirs, il avait l'air d'un mec dans le coup. Qui aurait pu soupçonner qu'il tricotait en cachette ?

Outre Babelutte, qu'il emmenait partout, il embarqua le lieutenant Bornéo. Si l'appel téléphonique n'était pas un gag, il demanderait qu'on lui envoie un procédurier et toute la smala. Mais fallait d'abord vérifier avant de déclencher la tempête. Des p'tits rigolos comme l'autre abonné aux cimetières, y en avait un paquet ! Ça les amusait de couillonner les flics. Ils grimpèrent dans la voiture de police et Babelutte sauta derrière. Il aimait bien la machine à roulettes de Léon. Ça, c'était un truc cool. Pouvait roupiller sur le siège.

— Alors, Jules, ça va la famille ? demanda le commissaire pour fleurir le trajet.

— Ça va, dit le lieutenant d'un air las.

— Ça t'en fait combien, là, maintenant ?

— Six. Bientôt sept. Carmen est de nouveau enceinte.

— Ben mon vieux, tu devrais la mettre dans une vitrine.

— Qui ça, ma femme ?

— Non, ta zigounette.

— Tu parles ! Même si je la mettais sous globe avec une alarme, ma femme parviendrait encore à être enceinte rien qu'en la regardant !

— T'as jamais essayé la contraception, les capotes ?

— Carmen veut pas en entendre parler. Tu sais, elle est plus catholique que le pape.

— Enfin, t'auras des allocs en plus. C'est toujours ça.

— Ben tiens. À propos, samedi prochain faudra que j'emmène avec moi le petit dernier. J'ai promis à Carmen de m'en occuper, et comme je suis de garde…

— On l'assoira sur le coussin de Babelutte, hein mon pépère ?

Couché sur la banquette arrière, Babelutte tentait vainement de faire la sieste. Mais avec cette saloperie de sirène, pas moyen !

Un quart d'heure plus tard, ils débouchèrent dans l'allée du cimetière Saint-Vincent, rue Lucien-Gaulard, dans le XVIIIe arrondissement. Fief du commissaire Léon qui vivait là depuis des lunes. Et pour rien au monde il n'aurait quitté Montmartre. Pas même pour une villa aux Seychelles ! Son quartier, c'était sacré. Il gara la voiture près de l'entrée. Babelutte dut se faire violence pour sortir. Préférait rester peinard dans la bagnole.

Le cimetière était situé en contrebas d'une maison de retraite. Les petits vieux jouissaient donc d'une vue imprenable sur l'avenir…

Après avoir ratissé les allées transversales, Léon repéra la femme à la palette, sur la tombe de Maurice Utrillo. Il aimait bien ce peintre. Du moins ses premières œuvres, avant qu'il ne sombre dans les délices de Bacchus ! Il poussa la grille du mausolée juste à côté. L'intérieur était vide.

— Je m'en doutais, grommela-t-il. Encore un plaisantin de mes deux.

— Le type a précisé à quelle heure il avait découvert le cadavre ? demanda Bornéo.

— Hier soir, à minuit.

— Quelqu'un a pu le faire disparaître entre-temps.

— Évidemment. Va falloir faire des prélèvements. Mais y a peu de chances. On va d'abord aller cuisiner le gars qui s'occupe de l'entretien des tombes. Il a peut-être vu quelque chose.

Le commissaire frappa à la porte de la maisonnette située en bas du cimetière. Un vieux bougre qui sentait le fromage de chèvre et la vinasse vint ouvrir. Il avait un gros nez couvert de veinules violacées.

— Bonsoir, monsieur, police ! annonça Léon en montrant sa carte.

Le gars n'eut pas l'air impressionné.

— Y a un mort qui s'est échappé ? fit-il.

— C'est bien possible. Vous n'avez rien remarqué d'anormal hier soir ?

— Vin Dieu, non ! Moi, je m'occupe pu de ça ! J'viens juste tenir compagnie à Paluche.

— C'est qui, Paluche ? s'enquit Bornéo.

— C'est le nouveau. Un brave gars qu'a pas toutes ses billes mais qu'est ben volontaire. On l'appelle Paluche pasqu'il a des pattes comme des pelles à tarte ! J'connais point son vrai nom. Tin, ben le v'là !

Un garçon d'une trentaine d'années apparut en tenant un râteau. Il avait des cheveux noirs hirsutes, une mèche grasse qui pendouillait sur son front telle une limace. Léon lui trouva une vague ressemblance avec Babelutte. Ils avaient le même regard endormi.

Non, il n'avait rien vu, rien entendu. Pensez donc, les morts, ça ne se balade pas !

À propos de Babelutte, où était-il passé ? Inquiet, le commissaire abandonna Bornéo pour aller à sa recherche. D'habitude, le chien le suivait partout.

Le lieutenant Bornéo demanda s'il pouvait jeter un coup d'œil dans le bâtiment où l'on entreposait les vestiges des tombes abîmées pour les restaurer. Il remarqua que Paluche avait attrapé un tic. Sans doute ne supportait-il pas les flics.

Un énorme juron fusa depuis l'autre bout du cimetière. Léon venait de retrouver Babelutte, occupé à gratter la terre dans le mausolée. C'était même plus la peine d'appeler les spécialistes pour relever les empreintes. Le clébard avait tout effacé !

Avant de partir, Bornéo alla visiter une autre annexe du cimetière. N'y vit rien de spécial. L'affaire était close. Ils allaient pouvoir regarder le match ce soir !

Satisfait, Babelutte remonta tranquillement sur la banquette arrière pour ronger ce qu'il venait de trouver…

2

Vu l'heure tardive, le commissaire Léon déposa Bornéo chez lui et rentra au bercail. Il gara la voiture rue Robert-Planquette, l'adresse de son domicile à Montmartre. Cette fois, Babelutte ne se fit pas prier pour descendre. L'idée de retrouver ses pénates le remplissait de joie.

Léon composa le code de la grille verte qui protégeait un magnifique jardin dont il profitait avec les autres habitants de la copropriété. Ici, on n'avait pas l'impression d'être à Paris mais dans un lieu magique.

Ginette, sa mère, l'attendait en lisant des prospectus. Elle épluchait tout, sa grande passion étant de jouer à tous les concours qui lui tombaient sous la main.

— Bonsoir, mon biquet ! J'ai préparé de la viande avec des haricots, ça te va ?

— Encore des haricots ? gémit Léon qui en mangeait depuis quatre jours.

— Faut bien les finir, on ne va quand même pas les gaspiller ! répliqua Ginette qui en avait acheté vingt boîtes pour être sûre de gagner un set de table avec la tête de lady Di.

Ignorant complètement son entourage, Babelutte

avait foncé sur son coussin où il rongeait consciencieusement ce qu'il avait déterré au cimetière.

— Rien de neuf ? demanda Ginette, toujours à l'affût de faits divers croustillants.

— Non, fit Léon en ôtant son blouson. À part un olibrius qui s'est payé ma tronche, c'est le calme plat.

Ginette soupira. Elle préférait quand son fils avait des choses à lui raconter. La semaine passée avait été plus passionnante. Un homme avait fait croire à sa femme qu'une mouche était collée au fond du lave-vaisselle. Elle avait enlevé les bacs pour mieux voir et il l'avait poussée à l'intérieur, puis avait refermé la porte avant d'enclencher le prérinçage…

Un grincement épouvantable fit sursauter Léon.

— Qu'est-ce que c'est que ça ?

— C'est bien, hein ! C'est la nouvelle pendule que j'ai gagnée avec la margarine. C'est une pièce unique, tu sais ! Ça vient de L'Homme moderne.

Léon leva la tête et vit une horloge suspendue avec des oiseaux à la place des chiffres.

— Toutes les heures y en a un qui chante, expliqua fièrement Ginette.

— T'appelles ça chanter ? Y tousse, oui !

Ginette haussa les épaules. Elle trouvait ça magnifique et ne comprenait pas qu'on puisse penser le contraire. Babelutte s'était dressé sur son coussin, complètement paniqué. Il avait horreur des bruits inhabituels qui venaient perturber sa quiétude.

— Après le repas, je vais voir le match chez Jeannot, annonça Léon.

Jeannot était le patron du Colibri, le « quartier général » du commissaire. C'était le plus chouette bistrot de Montmartre. Ginette ne rouspéta pas. Elle avait horreur du foot.

— Dis donc, s'exclama-t-elle soudain, Babelutte n'est même pas venu me dire bonjour ! Y fait jamais ça. D'habitude, il me saute dessus comme un sauvage. Tu crois pas qu'il est malade ? s'inquiéta-t-elle en s'approchant du chien.

— Mais non, il est en pleine forme.

— Oh, regarde ! Il ronge quelque chose…

— Il a dû ramasser une saleté dans la rue.

Ginette se pencha pour voir ce que le chien avait dans la gueule. Babelutte grogna. Personne ne toucherait à son trésor ! Mais la mère Canigou était tenace. Elle lui flanqua une claque et il lâcha l'objet de son plaisir.

Un cri perçant, qui ressemblait à s'y méprendre au « chant mélodieux » du rossignol de la pendule, déchira l'air. Pétrifiée, Ginette tenait dans sa main un gros orteil à moitié déchiqueté.

3

Marie se réveilla la bouche pâteuse. Depuis la mort de sa mère, un mois auparavant, elle prenait des calmants pour dormir.

Elle se sentait seule. N'avait pratiquement aucun souvenir de son père, sauf une vague image d'un homme lui offrant un ours en peluche avec lequel elle avait dormi pendant un moment. Jusqu'au jour où l'ours avait disparu ! Sorti du lit tout seul ! « Il est parti en voyage », lui avait dit sa maman. Marie avait grandi à Goult, dans le Luberon. Et elle avait fait ses études à Avignon où sa mère était vendeuse dans une boutique de fringues.

Elle se leva et se dirigea vers la cuisine inondée de soleil. Elle aimait cette pièce au parfum provençal, où tout était bleu et jaune. Elle mit l'eau et le café dans le percolateur et regarda par la fenêtre. Elvire, sa voisine, était déjà dehors avec ses chats. Elle ne venait ici que pendant les vacances. Marie l'aimait bien. Elle ouvrit la fenêtre et l'appela.

— J'ai passé une nuit d'enfer ! cria Elvire. Noirpiau a eu des problèmes intestinaux et j'ai dû lui mettre une culotte. Comme elle ne tenait pas, il a fallu que je lui bricole des bretelles… Tout ça à deux heures du matin ! Et toi, ça va ?

— Ça va… J'ai pas encore besoin de bretelles.

— Ah, ne te moque pas de moi, hein ! À propos, je monte à Paris vers la fin du mois. Si tu veux, tu peux m'accompagner. Ça te changerait les idées !

Marie la remercia et se servit un café. Elvire était rentrée dans sa maison où elle passait le plus clair de son temps à lire et à s'occuper de ses chats dont la plupart avaient été abandonnés. Depuis la mort de sa mère, Marie avait boudé les livres. Elle ne parvenait même plus à peindre ! C'était pas dans sa nature de se laisser aller. Elle but son café, grignota un bout de pain et décida d'aller fouiller dans le grenier, précisément dans un coffre toujours fermé à clef. Avec un gros tournevis, elle parviendrait bien à l'ouvrir…

Les morts cachent toujours des secrets. Mais Marie était loin de se douter de ce qu'elle allait découvrir !

Elle n'eut pas trop de mal à forcer le coffre en bois avec son tournevis. Elle eut un pincement au cœur en découvrant ses vêtements d'enfant. Sa mère avait soigneusement emballé dans du papier de soie sa première paire de souliers vernis et ses petites robes bleues et roses. Dans une boîte à chaussures elle retrouva ses dessins : des bonshommes minuscules à côté de femmes géantes, des maisons avec des fenêtres en forme de soleil… Et, parmi tout ça, un seul représentant un homme très grand dont la tête semblait flotter dans les nuages.

Marie fouilla encore. Dénicha de vieux jouets et plongea dans ses livres d'images. Rien ne pouvait être plus délicieux que cet instant où, par la magie des illustrations, elle venait de pousser la porte de ses rêves d'enfant. En feuilletant ainsi les pages de *Tigrette*, de Benjamin Rabier, ou de *La Bergère et le ramoneur*, sans parler de *Bécassine*, de *Petzi* ou encore *d'Alice à travers le miroir*, elle retrouvait la petite fille de cinq ans qu'elle avait été. Marie savoura son bonheur comme une friandise aux couleurs de l'arc-en-ciel.

Après avoir pris le temps de pénétrer dans chaque image, elle plongea la main dans le fond du coffre et en sortit Baloo, l'ours en peluche qui avait été son compagnon au temps où elle suçait encore son pouce.

— Eh bien, tu n'étais donc pas parti en voyage ! lui dit-elle en le serrant dans ses bras.

Pourquoi sa mère le lui avait-elle enlevé ? La jugeait-elle trop grande pour dormir avec un ours ? Pourtant, elle lui avait laissé les autres peluches... Qu'avait donc fait son père pour qu'on ait effacé toute trace de lui dans son cœur de petite fille ?

En cherchant bien, elle allait peut-être découvrir quelque chose sur lui. Marie remua tous les papiers et finit par dénicher une enveloppe adressée à sa grand-mère maternelle. À l'intérieur, la lettre était signée « Édouard ». C'était son père, qui suppliait la vieille dame de lui donner des nouvelles « de la petite ». La mamy avait dû transmettre la lettre à sa fille qui s'était empressée de la cacher au grenier. Et si son père était un assassin ? ou un violeur ? Marie avait l'impression de recevoir des petits coups de bec dans le cerveau. Comme si une partie d'elle-même s'effilochait.

Au dos de l'enveloppe figurait une adresse : Édouard Bertot, 36, rue des Abbesses, Montmartre. Habitait-il encore là ou était-il mort ? Marie ne portait pas son nom. Sa mère et lui n’avaient probablement pas été mariés.

Elle referma le coffre, emporta l’ours et la lettre. Elle allait écrire à son père. Après toutes ces années, elle n’avait pas beaucoup d’espoir de retrouver « l’homme avec la tête dans les nuages ». Mais le destin a parfois des ailes d’ange. Ou de diable…

4

Paluche, le gardien du cimetière Saint-Vincent, était impatient que Mathias s'en aille. Pas moyen de faire décoller ce vieux débris !

— T'as pas un coup de rouge ? demanda ce dernier.

— Nan.

— D'habitude, t'en as bien, va !

— J'ai tout bu.

— Vin Dieu ! T'es pire qu'une pompe à purin !

— Allez, Mathias, dégage, j'ai un rendez-vous.

— Ah bon ! C'est donc ça que t'es nippé comme un premier ministre ! Et comment qu'elle s'appelle, la croquette ?

— Ça te regarde pas.

— Alors m'en va, fit-il, vexé. Et fera noir comme dans l'cul d'un Auvergnat quand j'reviendra, va !

Paluche ne s'inquiéta pas. Son copain disait ça chaque fois qu'il était contrarié. Et le lendemain il était là, fidèle au poste. Il attendit que Mathias ait franchi le portail pour aller dans l'entrepôt. La fille était cachée derrière une pierre tombale. Il lui avait apporté un pull pour pas qu'elle ait froid. Mais quand même, il l'aimait bien toute nue. Il la regarda un moment avant de lui enfiler le pull. Elle avait de gros nichons et ça, c'était super. Paluche allait lui tripoter la chatte ce soir. Une grosse chatte noire ! Dommage qu'elle miaulait plus…

— J'peux plus t'emmener là-haut. Y a des rats qui sont venus fouiner tout à l'heure. Faut rester ici. Regarde ! J't'ai apporté des bougies pour faire la fête et du camembert avec du picrate. Tu sais, Zézette, j't'aime bien pasque t'es pas causante. D'ordinaire, les filles, elles parlent trop. Elles me foutent les boules, les salopes. Toi, t'es gentille. Tu veux voir ma quéquette ?

Affalée dans son coin, Zézette fixait son admirateur d'un œil mort. Ses longs cheveux plaqués sur sa peau grise ressemblaient à des spaghettis pourris. Les yeux rivés sur la touffe de la fille, Paluche ne vit pas que des asticots grouillaient au bout de son moignon.

Il s'assit près d'elle et se mit à lui caresser les pieds en mordant dans le camembert.

— Merde alors ! s'exclama-t-il, y te manque un orteil ! Déjà que t'as perdu ton morceau de bras…

Il se demanda si la puanteur qui avait envahi les lieux provenait de Zézette ou du camembert.

— Si t'es bien sage, tu pourras toucher mon mimile avec la main qui te reste. Contente ?

Comme mû par un étrange pressentiment, Paluche se retourna. Un visage collé contre la vitre sale de l'entrepôt l'observait.

5

Jeannot, le patron du Colibri, sifflait en essuyant ses verres. Il était content parce que l'équipe de France avait gagné. La veille au soir, son établissement était plein à craquer. La télé était dans la salle et Maurice, le cuisinier antillais, avait préparé sa tambouille en regardant le match tout en agitant son gri-gri sur l'écran, persuadé que l'équipe gagnerait grâce à ça. À l'annonce de la victoire, ce fut l'allégresse. Gérard – dit Gégé – sauta sur le comptoir et commença à chanter *La Marseillaise*. Les autres l'accompagnèrent en chantant *L'Internationale*. Trop beurré, il ne fit pas la différence…

Il était presque onze heures et, à part les habitués dont Rose, la blonde platine permanentée qui frisait les soixante balais, il n'y avait pas grand monde. Les autres devaient « récupérer » après cette nuit délirante.

De huit heures du matin à dix heures du soir tapantes, Rose était juchée sur un tabouret au coin du zinc. De là, elle pouvait garder un œil sur ce qui se passait, car son grand plaisir était de fouiller dans la vie des gens. Elle adorait ça, les ragots ! Et se révélait imbattable quand il s'agissait du prince Charles et de

Camilla. Cheveux impeccablement coiffés, mocassins vernis noirs, pantalon bien repassé et pull pastel à paillettes, elle sirotait son demi.

— À propos, dit-elle, il était pas là, hier, le commissaire Léon !

— P't'être qu'il avait du boulot ! fit Jeannot. Ou alors il a suivi le match avec sa mère, mais ça m'étonnerait. Tiens, regarde qui arrive !

Irma, le travelo ménagère de Montmartre, traversait la rue. Cheveux tirés en chignon, tablier à fleurs cachant son éternelle robe bleu marine, pantoufles à carreaux, Irma oscillait entre Mme Doubtfire et Mad Max. Elle faisait le ménage pour les petits vieux du quartier, portait leur linge à la laverie en face du Colibri et attendait au comptoir – endroit stratégique de la ménagère consciencieuse. De là, elle pouvait surveiller le hublot de sa machine et discuter le coup. Elle fit une entrée fracassante. Jeannot sentit tout de suite que quelque chose n'allait pas.

— Ouh là ! T'as la pantoufle hargneuse aujourd'hui, ma poule, lança Rose.

— Tu devrais être contente qu'on a gagné, fit Jeannot en lui servant un coup de rouge.

— J'm'en tape, du foot.

— Oh, là, là ! Ça ne va pas, toi !

— Elle a ses règles, se moqua Rose.

— Sers-m'en un autre ! fit Irma en avalant son verre cul sec.

— T'as des ennuis ? demanda Jeannot.

— Pire que ça.

— Des problèmes de santé ?

— Pire, j'te dis.

— Si t'as les huissiers au cul, t'inquiète pas. En

France, il y en a un par habitant. T'oublies de payer ta motte de beurre et crac, ils viennent faire l'inventaire avant de tout rafler. J'ai lu dans le journal d'hier qu'un garagiste en avait zigouillé un, puis l'avait jeté dans sa fosse à cambouis.

— Faut le décorer ce garagiste, déclara Rose.

— Sur terre, dit la poissonnière d'à côté qui passait au café de temps en temps, y a deux races de gens inutiles : les huissiers et les coiffeurs.

— Il est vrai qu'avec les poils de tapis que t'as sur le crâne, faudrait être le Mozart du bigoudi pour que ça s'arrange, ricana Rose.

— Je préfère être nature plutôt que de ressembler à une poupée de foire, moi, madame !

— Encore un, Jeannot, demanda Irma qui venait d'écluser son deuxième ballon de rouge.

— Bon, ben quoi, tu le vides, ton sac ? fit le patron. Qu'est-ce qui t'arrive de si grave à la fin ?

— Y… Y m'arrive que… je suis papa !

— QUOI ??? s'exclama toute l'assemblée en chœur.

La poissonnière éclata de rire.

— Il nous fait marcher, dit Rose en haussant les épaules.

— J'voudrais bien.

Jeannot, mort de rire lui aussi, essuyait ses larmes avec son torchon.

Gégé entra. Voyant la joyeuse assemblée, il prit un air guilleret, pensant qu'ils prolongeaient la fête de la veille. Seule Irma tirait une gueule d'enfer en zieutant cette bande d'iconoclastes.

— Elle s'appelle Marie.

— Ah, parce que t'as déjà trouvé un prénom ! s'esclaffa Jeannot.

— Elle est née quand, cette petite ? demanda Rose.

— Il y a dix-huit ans.

— Merde alors ! lâcha Jeannot qui avait cessé de rire. Tu ne nous en avais jamais parlé.

— C'est une vieille histoire, raconta Irma. Trop douloureuse. J'ai vécu un an avec une femme il y a longtemps, puis elle est tombée enceinte. Je lui ai proposé de l'épouser. Elle a pas voulu.

— Pourquoi, elle aimait pas tes boucles d'oreilles ? railla la poissonnière.

— À l'époque, je m'appelais encore Édouard, imbécile.

— Bon, alors tu la continues, ton histoire ! s'énerva Jeannot qui attendait la suite avec impatience.

— Eh bien la mère s'est barrée avec la petite quand elle avait deux ans. Elles sont parties au fin fond de la France. J'ai jamais vraiment su où.

— T'as pas cherché à revoir ta gamine ? demanda Rose.

— J'avais de ses nouvelles, au début, par la grand-mère. Puis elle m'a fait comprendre qu'il valait mieux que je laisse la petite tranquille. Pour son équilibre. Qu'un père travelo, ça pouvait faire des dégâts.

— C'est elle, le dégât, dit Jeannot.

— Alors pour pas la perturber, j'ai fini par laisser tomber. Mais j'en ai gros sur le cœur. J'ai jamais oublié. Y pas un jour où je pense pas à ma gosse.

Plus personne ne riait. Mais Gégé, encore sur les nuages bleu blanc rouge de la veille, continuait à sourire béatement, complètement largué par ce qui se passait ici. Il avait loupé une case. Il lissa ses grandes moustaches, retroussa ses manches, arborant un tatouage en forme de cœur sur lequel était gravé : « Amuse-toi, chérie », et passa derrière le comptoir pour donner un coup de main à Jeannot. Y avait encore plein de verres à laver.

— Comment elle t'a retrouvé ? demanda le patron.

— Sa mère est morte il y a un mois. Alors elle a fouillé dans ses affaires et a déniché mon adresse. Puis elle m'a écrit. Et comme j'ai pas déménagé depuis qu'elles sont parties…

— Qu'est-ce qu'elle dit ?

— Qu'elle arrive le week-end prochain ! Elle va profiter de la voiture d'une amie qui lui a proposé de faire le trajet avec elle.

— Elle va pas être déçue du voyage ! fit la poissonnière.

— Elle veut suivre des cours de peinture à Paris, continua Irma.

— Waouh ! s'écria Gégé qui commençait à atterrir. Et elle sait que t'es…

— Bien sûr que non.

— Et qu'est-ce que tu vas faire ?

— Ben, justement, je venais te demander si tu voudrais pas te faire passer pour son père.

— QUOI ??? hurla Gégé, mais t'es maboul !

— Je te promets que je ne dirai plus jamais de mal du PSG.

— Et qu'est-ce que je vais raconter à Mimi, hein, tronche de cake ? Que j'ai fait joujou avec une autre et que je lui ai jamais dit ! Tu la connais, elle va me tuer.

— Tu lui expliques que c'était avant elle.

— Et alors ? Ça change rien. Elle est même jalouse de la nurse qui m'a langé à la maternité.

— C'est beau, l'amour, siffla la poissonnière.

— T'as qu'à te rhabiller en mec, conseilla Rose.

— Jamais ! s'écria Irma. Ce serait renier une partie de moi-même. Et j'ai mis des années à accepter et à faire accepter aux autres ce que je suis aujourd'hui.

— Ben alors, mon coco, dit Jeannot avec sa bonne logique, c'est tout simple : tu restes comme tu es, et si elle t'aime, ça ne posera pas de problèmes. Elle comprendra.

— Non, c'est pas possible. Elle n'a que dix-huit ans. C'est encore une gamine.

— Crois-moi, insista Jeannot, la vérité est toujours le meilleur chemin à prendre. Même s'il est plus difficile au début, il t'évite de t'embourber par la suite.

Jeannot avait le bon sens de ceux qui côtoient les gens de la rue. Avant ça, il avait été chauffeur de taxi. Un jour, le commissaire Léon lui avait confié que le Colibri était pour lui une sorte de paradis où il oubliait tous ses soucis. Et malgré le fait qu'il était flic, on l'aimait bien ici, Léon. Il n'emmerdait personne et on le respectait. Certains l'appelaient « Monsieur Léon », un peu comme si on lui avait collé une médaille avant son nom.

Irma en était à son quatrième ballon de rouge quand elle quitta le bistrot. Grâce à Jeannot – et au côtes-du-rhône –, elle avait réussi à dédramatiser la situation. Du moins pour un temps. Les bistrots sont moins chers que les psys, et souvent plus efficaces.

6

Salaud de flic, va. N'aimait pas les poulets, Paluche ! D'ailleurs, quand on en enterrait un, il attendait qu'il fasse noir pour aller jouer du tambour sur sa tombe. Au début, les petits vieux du home d'en face rouspétaient. Mais quand il leur a expliqué pourquoi il faisait ça, ils n'ont plus rien dit.

— Où qu'elle est, Zézette ? Vous lui avez pas fait du mal, quand même ?

Paluche avait passé le reste de la nuit sur cette chaise, dans le commissariat. Et il commençait à en avoir sérieusement ras le bol ! Il avait les fesses en compote et cet abruti de commissaire ne répondait jamais à ses questions. En revanche, il lui posait toujours les mêmes. Et Paluche faisait comme lui. Il ne répondait pas ! C'est vrai, à la fin, son histoire avec Zézette, ça ne regardait personne.

Le commissaire Léon commençait à piquer du nez malgré les innombrables cafés serrés qu'il avait ingurgités. Il appela Bornéo à la rescousse.

— J'en peux plus, mon vieux, lui confia-t-il. Jamais vu une tête de mule pareille !

— T'es p't'être trop gentil avec cette tête de nœud…

— Que veux-tu que je fasse ? J'peux quand même pas taper sur un handic !

— De qui vous parlez, là ? s'exclama Paluche.

— Devine ? fit Bornéo.

— J'suis pas un handicapé ! J'suis même surdoué dans certains domaines…

— Ah ouais, railla Bornéo, dans le domaine de la nécrophilie, par exemple ?

— C'est quoi, ça ? Non, moi, j'suis champion du rubicube !

— Très intéressant… Hein, chef ? Ça, c'est un truc vachement utile dans la vie ! Bon, cria soudain Bornéo, tu vas lâcher le morceau ou je t'éclate la tronche. C'est vrai, hein, chef, puisque c'est pas un handic on peut cogner un peu, non ?

Paluche s'assit instinctivement à l'autre bout de sa chaise. Cet abruti ne lui disait rien qui vaille. Il préférait l'autre.

— Moi, à votre place, je parlerais, conseilla Léon. Le lieutenant Bornéo est un teigneux. La dernière fois qu'il a interrogé un gars, le pauvre bougre s'est retrouvé à l'hosto avec un stylo planté dans l'œil. Une horreur !

— J'm'étais un peu énervé, expliqua Bornéo.

— Sans parler de Babelutte ! Il a l'air gentil comme ça, ce chien, mais c'est pire qu'un pitbull ! Il suffit qu'on lui donne l'ordre de foncer et il vous arrache la peau jusqu'à l'os. Redoutable !

Paluche regarda le chien, affalé sur son coussin. Il n'avait pourtant pas l'air féroce, mais faut jamais se fier aux apparences.

— Alors, fit Bornéo, tu causes ou on lâche le fauve ?

— J'ai rien fait. Zézette, c'est ma fiancée. Faut pas lui faire de mal.

— Je crois qu'il a compris. Il va être raisonnable et il va tout me raconter, hein, Nounours ?

Paluche fronça le nez. Il faisait toujours ça quand il avait envie de mordre. Mais valait mieux pas. Le lieutenant avait un regard mauvais. Un regard d'assassin…

— Laisse-moi Babelutte, des fois que Monsieur aurait de nouveau perdu sa langue. Je te le ramènerai tout à l'heure.

Léon enfila sa veste, caressa la tête de son chien et sortit. Il allait faire un peu de tricot dans les toilettes de la PJ, ça lui calmerait les nerfs. Babelutte redressa la tête et fixa la porte. Parfois, son maître le laissait là le temps d'une course. Il n'était pas vraiment inquiet. Du moment qu'il avait son coussin…

La porte se rouvrit sur le commissaire.

— À propos, qui a gagné le match hier ?

— La France, évidemment.

— Ah, fit le commissaire, satisfait.

Babelutte commença à redresser son postérieur pour suivre son maître. Vu qu'il avait les pattes de devant plus courtes que celles de derrière et que son dos était un véritable toboggan pour puces, il se levait toujours en deux temps. Mais Léon avait déjà refermé la porte ! Tout ça allait trop vite pour lui. Babelutte poussa un soupir qui en disait long sur son opinion à propos des hommes, et il se recoucha en tournant le dos aux deux abrutis qui squattaient le bureau de son maître.

— Où tu l'as rencontrée, ta fiancée ?

— Au cimetière.

— Ah oué ! Elle venait apporter des fleurs et tu l'as zigouillée, c'est ça ?

— Mais non, je l'ai pas tuée ! Elle était déjà comme ça.

— Ben tiens, fit Bornéo qui s'efforça de rester calme un petit moment, le temps de mettre l'autre en confiance. Ne me dis pas qu'elle est sortie d'une tombe ?

— Ben si.

— C'est la nuit des morts vivants, quoi !

— J'vois pas de quoi vous parlez.

— C'est rien, mon petit… Tu me racontais donc que cette fille était sortie d'une tombe et que tu l'avais invitée à dîner. Normal. À ta place, j'aurais fait pareil.

Paluche sourit. Au fond, ce type n'était peut-être pas si mauvais que ça. Il l'avait mal jugé.

— Et après, tu comptais l'inviter à danser ?

— Ah, oui ! Ça, c'est une bonne idée !

— Tu te fous de ma gueule ? hurla soudain Bornéo qui s'était rapproché du zouave. Maintenant, tu cesses de me prendre pour un con et tu me racontes la vérité, ou alors dans deux minutes, je transforme ta tronche en hachis Parmentier. Vu, crétin ?

Si, c'était un sale pourri de flic. Paluche retroussa de nouveau son nez. Le clébard s'était retourné et le fixait de son œil menaçant. Il avait les poils dressés, comme le paillasson en coco à l'entrée de l'immeuble où il habitait, avant. Et de la même couleur, en plus !

— Alors ? hurla une nouvelle fois l'inspecteur.

— C'est vrai ce que je vous ai dit, m'sieur le commissaire.

— Lieutenant.

— Oui, monsieur le commissaire. J'ai vu de la terre qui avait été remuée derrière la tombe du peintre…

— Quel peintre ?

— Le fils de Suzanne.

— De quoi tu parles, là, mon gaillard ?

— Maurice Utrillo, c'est le fils de la Suzanne Valadon qu'était la maîtresse de Toulouse-Lautrec. Tout le monde sait ça, fit Paluche, fier de lui.

Bornéo se rassit. Ce type, avec son air d'aller cueillir des carottes dans un arbre, lui en bouchait un coin.

— Et je m'suis dit que c'était pas normal toute cette terre remuée. J'ai pensé qu'un mort avait peut-être essayé de sortir… Des fois, on raconte que des morts reviennent à eux et grattent le couvercle de leur cercueil. Même que dans certains pays on met une clochette à côté de leur tombe avec un fil attaché à leur poignet pour qu'ils préviennent les vivants.

— Bon, tu ne vas pas me donner un cours sur les loisirs des macchabées ! Poursuis, mon vieux.

— Si j'raconte ça, c'est pour que vous compreniez, pasque quand on ne sait pas qui est Utrillo… Moi j'suis peut-être un handic, comme vous dites, mais j'ai de la culture !

— Dis donc, espèce de petit merdeux, la culture n'est pas une preuve d'intelligence. Continue ton récit.

— J'suis allé chercher une bêche et j'ai creusé. Puis j'ai cogné sur quèqu'chose… C'était sa main. Elle était dressée dans la terre comme si elle voulait que je la sorte de là. Alors j'ai continué à dégager la fille et je l'ai emportée sur mon dos jusqu'à l'entrepôt. Puis j'ai été chercher une bassine avec de l'eau et du savon et je l'ai lavée. Ah, elle était pas belle à voir quand j'l'ai sortie du trou ! Après, elle était bien propre. J'ai pris soin d'elle, commissaire. Z'auriez dû voir ses yeux, des vraies perles !

Bornéo commença à douter. Et si ce zouave disait vrai ? Si quelqu'un avait été enterrer cette femme dans ce cimetière pour s'en débarrasser ?

— Quand tu l'as déterrée, il lui manquait déjà un bras ?

— Oui. Mais j'ai entendu dire, toujours rapport aux morts qui seraient pas vraiment morts, que certains se mangent une main pour ne pas crever de faim…

Ce gars lui donnait la nausée. Bornéo se leva et regarda par la fenêtre. C'était un réflexe. Chaque fois que quelque chose le mettait mal à l'aise, il cherchait des images rafraîchissantes au-dehors. Il vit une jeune femme qui traversait la rue et accrocha son regard à ses longs cheveux dorés et à sa démarche sautillante. Il la trouva belle parce qu'elle représentait la vie.

7

Marie relisait la lettre de son père pour la centième fois. Oh, elle n'était pas très longue. Mais la jeune fille espérait capter un détail, quelque chose de plus à travers les mots ou l'écriture. Bien sûr, il avait l'air content de la revoir, mais elle sentait une sorte de crainte. Elle aussi avait peur. Peur de le décevoir ! Souvent, elle s'était dit qu'il n'avait plus donné signe de vie parce qu'elle n'était pas la petite fille qu'il aurait aimé avoir. Que de fois elle avait remué dans sa tête ce qu'elle aurait pu dire ou faire qui ne lui aurait pas plu ! Mais un enfant a droit à tous les égards. À tout l'amour du monde. Et elle était alors passée par une phase de rancune, puis de haine face à cet homme qui avait disparu de sa vie, comme ça, qui l'avait gommée à tout jamais ! Elle aurait préféré qu'il soit mort. Là, au moins, elle aurait pu continuer à l'idéaliser.

Puis la vie lui avait appris à devenir indulgente et à ne pas juger sans savoir. Face au silence de sa mère, elle avait décidé de mettre son père entre parenthèses et d'attendre de le rencontrer pour savoir, enfin. Elle allait l'écouter parler, ensuite elle aviserait. Et peut-être s'en irait-elle pour toujours…

Bizarrement, plus le moment de la rencontre se rapprochait, moins l'explication qu'il pourrait lui donner avait de l'importance. Marie referma sa valise. Elvire l'attendait, avec ses chats vautrés sur les coussins de la voiture.

Mais que voulait dire cette phrase au bas de la lettre de son père : « Tu comprendras beaucoup de choses en me voyant… » ?

8

Babelutte était ravi de rentrer au bercail. Le vilain avec ses poils gras sur le front ne l'inspirait guère. Il sentait tout de suite quand les gens n'aimaient pas les chiens. Ils dégageaient quelque chose de particulier. Comme lorsqu'on ouvre la porte du frigo.

Le lieutenant Bornéo pénétra avec lui dans le bureau de son maître. Lui, il l'aimait bien. Pas comme tous ces gniards qui tiraient sur sa queue quand ils venaient au bureau, ça, non ! Fallait toujours qu'ils l'embêtent pendant sa sieste. De toute façon, quand il ne dormait pas, il appréciait qu'on le laisse tranquille. Combien de fois avait-il entendu ces idiots d'adultes le traiter de feignant ! Des cons qui ne connaissaient rien aux bêtes. Lui, il méditait. Et il observait tout. C'était un actif du ciboulot. Pas des pattes.

Ginette, la mère du commissaire, avait changé son coussin de place. Pourquoi elle avait fait ça ? Babelutte en était tout désorienté. Il avait horreur qu'on bouscule ses habitudes. Têtu, il se coucha à sa place habituelle, à même le parquet pour bien montrer qu'il désapprouvait cette initiative stupide. Mais personne ne fit attention à lui. Z'étaient tous trop occupés à baver sur cette histoire de cadavre trouvé au cimetière. À ce propos, d'ailleurs, il était furax. Pourquoi lui avait-on retiré l'os qu'il avait découvert près de la niche à morts ? Certes, la viande autour était un peu pourrie, mais c'était pas une raison ! Ce qu'on lui servait dans les boîtes avait parfois la même odeur.

Voyant qu'on ne faisait toujours pas attention à lui, Babelutte lâcha un pet monstrueux. D'habitude, ça marchait, tout le monde râlait, mais là, que dalle ! L'affaire devait être drôlement préoccupante pour qu'on l'ignore à ce point. Ah, vraiment, chien de flic, c'est pas une sinécure…

9

— Dites donc, mon petit, vous avez combien de paires de boucles d'oreilles ? demanda le commissaire Léon en passant devant le bureau de Nina Tchitchi, sa secrétaire.

Aujourd'hui, elle arborait fièrement des sortes de bulles transparentes dans lesquelles évoluait deux minuscules poissons rouges.

— Vous aimez ?

— Euh… c'est spécial.

Léon disait toujours ça pour s'en sortir. En fait, il trouvait que Nina avait en général des goûts épouvantables, et surtout très kitsch. Mais quelque part, ça l'amusait. Cette fille avait une collection hallucinante de boucles d'oreilles, toutes plus farfelues les unes que les autres.

— On jurerait que ce sont de vrais poissons, fit-il, histoire d'être gentil avec elle parce qu'il avait une masse de courrier à lui faire taper !

— Mais ce sont des vrais ! assura-t-elle. On les appelle des « néons ».

— Euh… Et vous leur donnez à manger ?

— Évidemment. Tous les soirs, quand je retire mes

boucles d'oreilles, j'enlève le petit bouchon transparent au-dessus, et avec une pince à épiler j'introduis un peu de nourriture.

— Quel travail ! À propos, j'ai du courrier pour vous…

— Pas trop, j'espère, parce que j'ai rendez-vous chez Marcello à midi.

— C'est qui, celui-là ?

— Ben, mon coiffeur, dit-elle en le toisant comme s'il était la dernière des andouilles parce qu'il ne connaissait pas son Marcello !

— Ah bon… Pourtant, vos cheveux sont très bien comme ça.

— Je voudrais qu'il me fasse une choucroute.

— Ah, il fait aussi à manger ?

— Mais non ! soupira-t-elle devant cet ignare de la chevelure. Une choucroute, c'est une sorte de chignon, un peu comme une pièce montée.

— Je vois…, dit le commissaire qui s'attendait au pire.

— Et je dois partir à quatre heures tapantes parce que j'ai rendez-vous avec mon chirurgien pour choisir mes nouveaux seins. Tiens, qu'est-ce que vous préférez comme modèle ? En forme de poire ou de pamplemousse ?

— Personnellement, je pencherais pour les noix de coco.

Il poussa la porte de son bureau, laissant sa secrétaire dubitative. Sans perdre plus de temps, il appela le médecin légiste pour savoir s'il avait du neuf à propos du cadavre de la jeune femme. L'autopsie indiquait qu'on lui avait injecté une forte dose de cyanure.

— Le cyanure dégage une odeur d'amande amère,

expliqua le toubib. L'analyse toxicologique a confirmé la présence de cette substance dans le sang. Le cadavre présente l'aspect paradoxal d'une personne morte d'anoxie, c'est à dire d'une diminution ou de la suppression d'oxygène dans les tissus, avec un sang rouge vif totalement oxygéné. Un léger traumatisme crânien montre que la victime a dû être assommée avant qu'on lui refile cette saleté.

— À votre avis, sa mort remonte à quand ?

— À quatre jours tout au plus. Cette femme devait avoir environ vingt-cinq ans. On peut affirmer aussi qu'il n'y a pas eu de rapport sexuel juste avant sa mort.

— Il faut donc exclure le viol, dit le commissaire comme s'il réfléchissait tout haut.

— Oui. Son bras a probablement été coupé avec une lame acérée, du genre couteau à désosser. La coupure est très nette au niveau du coude, juste entre les deux os. Du bon travail, ajouta le toubib qui, tant qu'à faire, appréciait qu'on découpe proprement les cadavres.

— Vous avez déjà commencé les prélèvements dans l'estomac ?

— Oui. Elle a manifestement mangé de la soupe de poissons. Moi, j'adore ça, surtout la rouille et les croûtons à l'ail ! Pas vous, commissaire ?

Léon eut un haut-le-cœur. À force, le médecin légiste parlait des cadavres avec une certaine désinvolture, ce qui avait toujours choqué le commissaire au début de sa carrière dans la police. Puis il avait fini par comprendre que pour le légiste, qui baignait toute la journée dans l'odeur de putréfaction, cette attitude était l'unique façon de supporter ce terrible métier. L'humour, lui avait confié le médecin, est la seule parade.

— On a aussi analysé la terre sous les ongles. Elle vient bien du cimetière. On a également trouvé des débris de blanc qui sont toujours au labo. Voilà, c'est tout ce que je peux dire pour le moment.

— Merci, toubib, vous avez fait vite.

— Si vous voulez venir la voir, je suis à votre disposition pour une visite guidée dans nos frigos. Elle a de jolis nichons !

Le commissaire raccrocha. Décidément, il avait bien du mal à plaisanter avec ces choses-là. Cette conversation l'avait rendu nerveux. Il sortit une sorte de chandail de sa mallette et tricota quelques rangs pour se détendre. Il ne vit pas le regard inquiet de Babelutte, qui se demandait si cette serpillière verdâtre qu'il avait déjà dû essayer une fois ne lui était pas destinée…

10

Mimi gérait la laverie en face du Colibri. Sans elle, les gens du quartier auraient été crasseux comme des loqueteux. Elle avait sa tronche des mauvais jours lorsqu'elle déboula au bistrot, les mains sur les hanches.

— Ous' qu'elle est, Irma ?

— J'suis là, fit une grosse voix au bout du comptoir.

— Depuis quand la vieille Bertha a accouché ?

— De quoi tu causes ? demanda Irma.

— Je cause du linge de la vieille bouchère dont tu t'occupes et que t'as fourré dans la machine n° 10, andouille !

— Oui, eh ben quoi ?

— Sur combien de degrés t'as mis ça ?

— Je ne sais plus, moi, s'énerva Irma qui avait d'autres préoccupations que le linge de la vieille Bertha.

— T'as fait bouillir ses gilets, imbécile !

— Merde !

Irma se précipita à la laverie et revint quelques minutes plus tard avec un panier rempli de lainages taille fillette. Devant son air catastrophé, Jeannot la rassura :

— Ça prendra moins de place dans sa garde-robe !

— C'est à cause de ma fille, expliqua Irma. L'idée qu'elle arrive demain, ça me prend la tête. Purée, la vieille va être furax !

— T'as qu'à les remettre à leur place sans rien dire, et le jour où elle s'apercevra qu'ils ont rétréci, tu feras l'imbécile, conseilla Gégé.

— Ouais. Ça, elle sait bien faire, dit la poissonnière en sirotant un demi.

— Ah, toi, m'énerve pas, hein ! s'écria Irma. C'est pas le moment. En plus de ça, la vieille va pas être de bon poil aujourd'hui. Elle est allée sur la tombe de son mari au Père-Lachaise, comme tous les premiers lundis du mois. Et chaque fois qu'elle revient, elle est d'une humeur de cochon.

— Pourquoi ? demanda Gégé qui lisait *L'Équipe*. Elle l'aimait tant que ça ?

— Justement non, expliqua Irma. Il lui a cassé les couilles, euh, pardon, les pieds toute sa vie. Il lui a mis des cornes jusqu'au plafond. Alors chaque fois qu'elle va sur sa tombe, c'est pour l'engueuler et lui dire tout ce qu'elle a sur la patate. Elle prétend que ça la soulage.

— C'est une thérapie comme une autre, conclut Jeannot.

— Bonjour la compagnie !

Jeannot regarda autour de lui. Bizarre, il n'avait vu entrer personne. Il fixa Gégé, et à voir son air hébété, il pensa qu'il avait pété les plombs et se mettait à dire bonjour comme ça, sans raison.

— Une grenadine, s'il vous plaît.

Voilà qu'il entendait des voix, maintenant !

— Hé, Gégé, t'es devenu ventriloque ? s'inquiéta le patron.

Gégé fronça sa moustache, espérant le faire taire.

Soudain, Jeannot comprit lorsqu'il vit une petite tête se hisser au niveau du comptoir et lui adresser un grand sourire. Le nain avait réussi à se jucher sur un tabouret.

— Je me présente : Yves, surnommé « le Pin's ».

— 'chanté, fit le patron.

— Hé, Irma ! chuchota Gégé.

— Quoi ?

— Tu devrais essayer de lui revendre les gilets de la vieille.

— Ah, c'est malin !

— Vous êtes ouvert tous les jours ? demanda le Pin's.

— Eh oui, soupira Jeannot. On est des vieux de la vieille, nous.

— Alors je passerai demain avec ma valise. Je voulais d'abord faire connaissance.

— Euh, c'est pas un hôtel, ici ! objecta le patron. On fait juste bistrot-restaurant.

— Ne vous inquiétez pas, je ne viens pas dormir chez vous. Ma valise, c'est une vraie caverne d'Ali Baba. Vous verrez, j'ai tout ce que vous pouvez imaginer ! Ça va du guidon de vélo aux bigoudis musicaux. Vous êtes marié ?

— Non, il vit en état de péché mortel, railla Gégé. Ça fait dix ans qu'il est en concubinage avec Bibiche.

— Elle sera là demain, précisa Jeannot.

— Alors je reviendrai demain, dit le Pin's qui avait

vidé sa grenadine d'une traite. Les femmes sont des connaisseuses.

Il paya, sauta du tabouret et s'en alla.

— Ouh, je sens que ta Bibiche va se faire arnaquer ! fit Gégé. Elle va bouffer ta recette de la semaine. C'gars-là, c'est un rusé, ça se voit. Y te vendrait des coquillettes en fourrure à coller sur ta télé !

— Te réjouis pas trop vite, mon gars, y réussira peut-être à appâter Mimi aussi. Les gonzesses, ça résiste jamais aux babioles.

— Tu te trompes, Jeannot, Mimi, ça l'intéresse pas ces trucs-là. Par contre, j'en connais une qui va craquer, c'est Rose, la poupée Barbie !

— Moi, y m'attrapera pas non plus, railla la poissonnière. Des bigoudis musicaux ! Quelle connerie !

— C'est très utile, dit Irma. Moi, ça me plairait d'écouter Aznavour en faisant ma permanente. Autant pas friser idiote !

— Ah, parce que tu te fais des permanentes, toi ? se moqua Gégé en zieutant les cheveux plats d'Irma.

— Parfaitement, mon cher. D'ailleurs, je m'en vais de ce pas chez la coiffeuse. Faut que je sois chic pour accueillir ma fille. Demain, vous ne me reconnaîtrez plus ; Sharon Stone pourra aller se rhabiller !

Et elle sortit en claquant la porte avec sa pantoufle.

11

— Chef, y a une admiratrice qui souhaiterait vous voir, dit Pinchon. Z'avez de la chance, elle est canon !

— J'ai du boulot, soupira le commissaire. Qu'est-ce qu'elle me veut ?

— Sais pas. Elle ne veut parler qu'à vous. Elle dit qu'elle vient sur les recommandations d'une certaine Irma.

— Faites-la entrer.

Babelutte poussa un gros soupir. Décidément, pas moyen d'être tranquille, ici !

Le canon fit son entrée. Une vieille bique dans le genre Carmen Cru. Lui manquait que son vélo et son cageot avec ses économies dedans. Babelutte trouva qu'elle sentait comme les chaussettes de Léon quand il enlevait ses godasses, le soir.

— Bonjour, commissaire, dit-elle en s'asseyant. C'est ma femme de ménage qui m'envoie. Elle a dit que vous étiez un de ses amis et qu'en plus vous êtes de la Butte, alors j'ai confiance. Parce que moi, la police et les bouchers, j'aime pas des masses.

— Ah bon… Mais pourquoi les bouchers ? Ils vous ont escroquée sur le prix de la viande ?

— Non, c'est pasque mon crétin de mari était boucher, comprenez. Et moi, j'ai trimé toute ma vie dans le gigot et la côtelette. Vous n'imaginez pas, commissaire, ce que c'est que d'avoir vécu avec un abruti qui était toujours plein de sang et qui, en prime, trempait sa chipolata dans tout ce qui passait.

Reste zen, mon vieux Léon. Fallait encore bien que ça tombe sur moi. Elle va quand même pas me raconter sa vie...

— C'est pour me parler bidoche que vous êtes venue me voir ?

— Non, mais de mon mari. Enfin, de ce qu'il en reste, pasque depuis qu'il est mort, doit plus en rester que des abats pourris. Donc, je vais sur sa tombe tous les lundis…

— C'est bien, ça ! Vous allez lui apporter des fleurs ?

— Non, je viens l'engueuler. N'avait qu'à pas se taper toutes les gamines du quartier, ce salopard. Donc, j'arrangeais un peu sa tombe, histoire de pas faire jaser la famille des fois qu'y diraient que je ne l'entretiens pas. Soudain, j'ai vu une grosse racine qui sortait de la terre, juste derrière. J'ai trouvé ça vilain. On aurait dit du boudin noir. Alors j'ai tiré dessus… Et au bout, il y avait une main accrochée ! J'ai cru que c'était celle de cet obsédé d'Hubert, commissaire ! Me suis dit que même sous terre, il sortait encore sa sale paluche pour tripoter les filles qui passaient ! Vous n'imaginez pas la frayeur ! Me suis pissée dessus…

— Elle est située où, la tombe de votre mari ?

— Au Père-Lachaise. Juste à côté de celle du peintre. Vous savez, celui qui peignait des têtes de femmes longues comme des langues de bœuf. Un nom en *i*...

— Modigliani ?

— Oui, c'est ça.

— Vous avez laissé la main au cimetière ?

— Non, je vous l'ai apportée, dit-elle en ouvrant son cabas en skaï noir.

Et elle déposa la chose sur le bureau du commissaire. Une sorte d'araignée en décomposition. Un instant, Léon crut voir bouger les pattes. Les longs ongles allaient jouer des claquettes !

12

Voilà un quart d'heure que Marie tournait dans le quartier. Son amie Elvire l'avait déposée sur la place des Abbesses et était repartie avec ses chats qui avaient copieusement arrosé la banquette arrière. Elvire avait préféré faire le trajet en deux étapes pour pouvoir folâtrer sur les petites routes de campagne. Elle détestait les autoroutes.

De toute façon, Marie avait prévenu son père qu'elle n'arriverait qu'en fin de matinée. Elle avait repéré l'immeuble, une ancienne bâtisse avec une tête de lion sculptée dans la pierre, mais n'avait pas osé sonner tout de suite. Elle n'avait emporté qu'une valise contenant le strict nécessaire, car elle comptait garder la maison à Goult encore quelque temps, au cas où.

Courage, ma vieille, y va pas te manger !

Marie sonna à la porte. Elle ne savait pas que, là-haut, son père guettait son arrivée depuis sept heures du matin avec anxiété.

Irma s'était levée à cinq heures pour se pomponner. Elle n'avait presque pas dormi, ayant passé une partie de la nuit couchée dans son lit à ressasser cent fois tout ce qui pourrait arriver lorsque sa fille découvrirait la vérité. Et puisqu'elle avait décidé, selon les conseils de Jeannot, de ne pas masquer la réalité, autant que la femme qui allait accueillir sa fille soit le plus chic possible. Elle s'était bouclé les cheveux, avait sorti sa robe bleue des soirs de fête et mis un collier en strass. Au coup de sonnette, elle faillit foncer dans la salle de bains et tout enlever pour enfiler un pantalon et un pull. Elle avait fait ça pendant des années, quand ses parents venaient la voir. Avec sa fille, elle ne voulait pas tricher. Ni la perdre.

Marie entendit une voix dans l'interphone : « Troisième étage ». Elle grimpa l'escalier et s'arrêta quelques instants au niveau de chaque palier pour poser sa valise. Son cœur battait très fort. Mais pas aussi fort que celui d'Irma.

Au troisième, elle frappa à la porte qui s'ouvrit aussitôt. Marie crut d'abord avoir affaire à la femme de son père. Il ne lui avait pas parlé d'elle. Peut-être par pudeur ? Drôle de dame, quand même…

— Bonjour ! Je suis Marie… Mon père n'est pas là ?

— Si, entrez.

Irma trouva sa fille plutôt mignonne. Pas la greluche nippée à la mode, mais une nana de caractère qui avait l'air de savoir ce qu'elle voulait.

— 'seyez-vous. Vous voulez boire quelque chose ?

— Un jus d'orange, si vous avez.

Pendant qu'Irma était dans la cuisine, Marie observa les lieux. C'était un appartement plutôt simple, sans chichis. Au vu de la femme en robe du soir et collier clinquant, Marie se serait attendue à un décor chargé, avec statuettes en biscuit et dorures à gogo. Elle se leva pour regarder les photos posées sur le buffet. Se reconnut bébé dans les bras d'un homme, probablement son père. C'était la première fois qu'elle voyait à quoi il ressemblait. Plutôt costaud, les cheveux noirs, barbu, il avait l'air heureux de tenir sa petite fille. Pourtant, Marie trouva qu'il avait quelque chose de triste dans le regard.

Debout derrière elle, Irma l'observait en silence, tenant un plateau avec deux verres remplis de jus d'orange. Elle avait une boule dans la gorge et une envie folle de serrer à nouveau son « bébé » dans ses bras. Mais la vie lui avait appris à ne jamais brûler les étapes.

— J'ai hâte de voir mon père, dit Marie en se retournant. Pourquoi n'est-il pas là ?

— Il a peut-être peur, fit Irma.

— Pas autant que moi.

Irma s'assit et regarda sa fille avec douceur.

— Tu n'as aucune raison d'avoir peur, dit-elle, ton père t'aime. Il t'a toujours aimée. Il ne s'est pas passé un seul jour sans qu'il pense à toi.

— Alors, pourquoi est-il parti ?

— Ce n'est pas lui qui est parti.

— Vous voulez dire que c'est ma mère qui l'a quitté ? s'étonna Marie, qui avait toujours cru que son père les avait abandonnées.

— Elle avait ses raisons. Il ne faut pas la juger.

— Qu'a-t-il donc fait de si terrible pour que ma mère s'en aille avec moi et devienne un mur de silence chaque fois que je lui posais des questions ?

— Santé ! dit Irma en cognant son verre contre celui de sa fille.

Elle avait besoin de boire un peu pour faire passer cette boule dans sa gorge. Une boule remplie de mots entourés de fils barbelés. Les avaler ou les sortir lui donnaient le même goût de sang.

— Tu sais, dit-elle au bout d'un moment, avoir le courage ou la folie d'être soi-même suffit parfois à tout détruire. Mais on ne peut bâtir sa vie sur le pire de tous les mensonges : celui qu'on se fait à soi-même.

— Il n'était pas amoureux de ma mère, c'est ça ?

— Non, disons qu'il ne s'aimait pas et que pour être capable d'aimer les autres il faut d'abord s'aimer soi-même.

— Oh, après tout, dit Marie, ça n'a plus beaucoup d'importance.

— Tu crois que tu pourrais l'aimer tel qu'il est ?

— Comment aimer quelqu'un autrement ? Au fait, vous le connaissez depuis longtemps ?

Irma fixa intensément sa fille et répondit :

— Depuis toujours…

Marie sentit un frisson lui parcourir l'échine. Elle venait enfin de comprendre. Quand elle vit les yeux de son père se remplir de larmes, elle sut qu'elle l'aimait.

13

Malgré tous les examens pratiqués sur le cadavre de la première victime, aucune identification n'avait été possible. Bornéo avait épluché tous les fichiers, toutes les empreintes, rien. Et jusqu'à présent personne n'avait signalé la disparition de la jeune fille.

Après la découverte macabre de Bertha, la vieille bouchère, la police avait déterré un cadavre de femme dans un état de décomposition plus avancé que celui de la première, mais présentant une caractéristique commune : son avant-bras droit était sectionné au niveau du coude. Le fait que les corps aient été enterrés à proximité immédiate de tombes de peintres célèbres était-il également une pure coïncidence ou un indice sciemment semé ?

Le commissaire Léon compara les photos des corps, prises au moment de la découverte. Pas joli à voir…

Toc ! Toc !

Babelutte grogna. Encore un casse-couilles ! Pinchon passa sa tête dans l'encoignure de la porte.

— Chef, le médecin légiste veut vous voir à l'Institut.

— Quoi ? Il ne peut pas me donner les éléments

par téléphone ? Déjà que c'est assez pénible comme ça quand je dois subir toutes ses descriptions !

— Non, il dit qu'il faut que vous y alliez. Que c'est important.

— À mon avis, il se sent seul.

— Vous voulez que je vous accompagne ?

— C'est pas une mauvaise idée.

Le commissaire enfila son blouson et sortit, suivi de son chien dont les oreilles balayaient la moquette. Quand il passa devant sa secrétaire, il eut un choc. Nina Tchitchi venait d'arriver et arborait une coiffure digne des personnages de Fellini ! Une sorte de pièce montée, du genre grappe de raisin, avec des rubans colorés enlacés dans les mèches. Avec ça, elle portait des boucles d'oreilles en forme de sphères, composées de morceaux de bois assemblés.

— Vous aimez, commissaire ?

— Euh… C'est quoi ? demanda-t-il, vaguement intrigué par cet assemblage hétéroclite.

— Ce sont des casse-tête. Regardez, expliqua-t-elle en détachant une boucle, chaque lamelle de bois s'enlève, puis vous devez essayer de recomposer la sphère.

— Très ingénieux, admit Pinchon.

— Ah oui ? Vous trouvez aussi ? minauda-t-elle.

— Sûr ! Vaut mieux faire ça que de se gratter l'nez !

Le commissaire crut que la choucroute de Nina Tchitchi allait s'effondrer sur sa tête tant elle paraissait interloquée par la réflexion très terre à terre de son collègue.

— Bon, on y va, Pinchon ! dit-il afin de couper court à ces égarements.

Une fois dans le couloir, le commissaire frappa sur l'épaule de son collègue et dit :

— Z'êtes un grand romantique, vous, mon vieux !

— C'est comme ça que j'ai séduit ma femme.

— À propos, comment va-t-elle ? Toujours aussi jalouse ?

— Pire que ça, chef. Quand je rentre le soir, elle me renifle comme un clébard pour voir si je n'ai pas approché une parfumée. Puis elle examine mon manteau, et si jamais y a un poil dessus, elle hurle et me demande avec quelle pétasse j'ai traîné. Elle croit qu'on s'amuse dans la police.

— Pas toujours, gémit le commissaire en s'asseyant dans la voiture. Dites, à propos, Pinchon, ce fax, il est passé finalement ?

— Euh… Oui, enfin, je crois.

— Comment ça, vous croyez ? Vous savez que c'est un fax hyperimportant et que le préfet l'attend !

— Oui, chef. Mais vous connaissez mon problème avec toutes ces machines… À peine si je sais me servir du percolateur !

— C'est inouï, mon vieux. Faites un petit effort et tâchez de vous y mettre ! On a passé l'ère du moulin à café.

— Je dois tenir ça de ma grand-mère. Quand mon père lui a fait installer une salle de bains, elle a continué à se laver dans sa bassine… Et chaque fois qu'on lui achetait des appareils modernes, genre mixer et autres gadgets, elle les stockait dans son grenier.

— Enfin, même si vous continuez à moudre votre café dans un bol avec une pierre, je m'en fous du moment que vous vous débrouillez pour envoyer mes fax.

— J'ai demandé à Nina Tchitchi si elle voulait bien le faire pour moi. Elle m'a répondu que c'était d'accord pour celui du préfet, mais que pour les autres je devais d'abord l'inviter à dîner.

— Si c'est pour faire avancer le travail, faut pas hésiter. Le devoir avant tout, Pinchon !

— Qu'est-ce que je vais dire à ma femme ?

— Bah, les petits mensonges servent à protéger votre jardin secret.

— J'aime pas mentir.

— On ne ment qu'aux gens qui ne sont pas capables de comprendre, affirma Léon.

— Oui, vous avez raison. Mais si elle apprenait que j'ai dîné avec une gonzesse du bureau, elle serait capable de m'arracher les yeux.

— Dites que vous venez à la maison.

— Vous feriez ça pour moi, chef ?

— Non, pour contribuer au progrès de la police.

Le commissaire Léon gara sa voiture le long du quai de la Rapée, face à l'Institut médico-légal. Chaque fois qu'il se trouvait devant ce vieux vaisseau de briques, le commissaire avait des frissons. Coincé entre le métro aérien et l'entrée de l'autoroute de l'Est, ce sombre édifice paraissait encore plus sinistre et lugubre. L'énorme double porte faisait penser à celle d'une maison d'arrêt. Le seul content d'être là, c'était Babelutte ! Il aimait beaucoup cet endroit, qui sentait comme la poubelle du charcutier du coin. Pinchon, lui, traînait les pieds. Il regrettait d'avoir proposé à son chef de l'accompagner, mais il voulait compenser ses allergies au modernisme en se montrant dévoué.

Le commissaire Léon appuya sur la sonnette au-dessus de laquelle était inscrit « I.M.L ». Un grincement. Un visage gras apparut derrière la lucarne grillagée. Dernier confessionnal.

Passé la loge du concierge collé devant son écran de télé, le commissaire et son collègue traversèrent la cour avant de gravir l'escalier menant aux salles de dissection. Une puanteur atroce les prit aux tripes. Le commissaire avait oublié d'emporter un mouchoir parfumé avec lui. Heureusement, ni l'un ni l'autre n'avaient mangé.

— Quand on a senti l'odeur de la mort, dit Léon, elle ne vous quitte jamais. Pour la faire fuir, y a que le lait pour peau de bébé. C'est la seule chose qui marche, Pinchon. Même un parfum de femme, le plus capiteux soit-il, ne parvient pas à effacer ça.

14

— Papa, est-ce que tu peux me prêter ton collier en strass ? Je sors ce soir.

— Bien sûr, ma chérie.

Irma était ravie de cette complicité « entre nanas ». Et Marie avait l'impression d'avoir trouvé à la fois un père et une mère. Depuis son arrivée à Paris, la jeune fille s'était inscrite à l'École du Louvre dans la section « peinture ». Elle vivait avec son père, qui lui avait donné sa chambre et dormait sur un canapé-lit dans le salon. Ça ne le dérangeait pas, bien au contraire. Il avait insisté pour que sa fille reste avec lui. « On a été séparés pendant tant d'années, lui avait-il dit, maintenant il faut rattraper le temps perdu. »

En dehors de ses cours, Marie travaillait dans une librairie du quartier trois soirs par semaine pour se faire un peu d'argent de poche. Elle adorait les livres et les clients l'aimaient beaucoup : toujours souriante, elle avait un mot gentil pour chacun.

— Tu ne sors pas seule, j'espère ? s'inquiéta son père.

— Mais non, Carine m'accompagne. On va à La

Cigale écouter Philippe Servain. Tu sais, c'est l'accordéoniste de Philippe Léotard. Un type génial !

— Oh, moi, côté musique, je ne connais que Gavroche, le type qui joue de l'accordéon et chante au vieux Belleville. Et Florence, qui certains soirs apporte un air de guinguette au Colibri. Ils sont super eux aussi. Dis donc, c'est qui encore cette Carine ?

— Une fille de l'École du Louvre, elle est dans la même section que la mienne mais en dernière année. Elle a un talent fou. On est devenues amies. Je te la présenterai. Papa, tu serais pas un peu mère poule, par hasard ?

Irma sourit. Depuis qu'elle avait retrouvé sa fille, elle était devenue très protectrice. Elle avait peur de la perdre à nouveau.

— Paris, comme toutes les grandes villes, est pleine de pièges, mon petit. Tu ne peux pas te balader ici comme dans ta campagne !

— Papa, j'allais à l'école à Avignon ! C'est pas vraiment un bled !

— Si tu veux du parfum, une robe moulante, un boléro en fourrure ou des bas résille, ne te gêne pas, ma chérie. Y a tout ça dans ma garde-robe.

— Tu portes des trucs comme ça ? s'étonna Marie.

— Oh, il y a longtemps ! C'est quand j'imitais Dalida chez Michou. Ah, quelle époque ! J'étais encore mince et sexy… On m'appelait « Madame Édouard ».

— J'aimerais bien que tu chantes un soir pour moi, habillée comme autrefois.

— Tu plaisantes ?

— Pas du tout, papa. Dis, à propos, demanda-t-elle

en enfilant sa veste, la mobylette qui est dans la cour, en bas, c'est à qui ?

— À moi, mais je ne m'en sers plus. Si tu veux, tu peux la prendre.

— Peut-être pas aujourd'hui, mais à l'occasion je veux bien ! Merci !

Marie embrassa son père et quitta l'appartement après avoir promis de ne pas rentrer trop tard. Irma décida d'aller boire un verre au Colibri. En tablier à fleurs et en charentaises…

Quand elle sortait avec sa fille, elle s'habillait chic, portait ses escarpins vernis – qui lui faisaient horriblement mal aux pieds vu qu'en semaine elle ne portait que des pantoufles – et une jolie robe avec des bijoux. Elles étaient allées quelques fois au Studio 28, rue Tholozé, le seul cinéma de quartier de Montmartre, décoré par Cocteau. La dernière fois, elles avaient vu *Drôle de drame* de Marcel Carné. Irma était une fan de Louis Jouvet.

Aujourd'hui, c'était Bibiche, la femme de Jeannot, qui était derrière le comptoir. Le patron se reposait. Sur le coin du bar, à sa place habituelle, Rose, la poupée Barbie. Gégé regardait les résultats sportifs à la télé.

— Un ballon de rouge ! demanda Irma.

— Alors, comment ça va avec ta gamine ? s'enquit Bibiche.

— C'est l'pied ! Marie est un ange.

— Quand est-ce que tu nous la présentes ?

— On n'est pas assez bien pour elle ! grogna Gégé.

— Pas du tout, fit Irma. Mais je vous connais, vous n'allez pas me rater !

— Meuh non, meuh non, dit Gégé en souriant sous sa moustache.

— Elle m'a emprunté un collier pour sortir ce soir ! annonça fièrement Irma.

Gégé se fendit la poire.

— Ah ! ah ! J'imagine la scène : « Papa, passe-moi ton porte-jarretelles pour aller voir mon fiancé ! »

— Ça, c'est sûr qu'elle va pas lui emprunter ses pantoufles ! lâcha Rose.

Irma avait décidé que la meilleure stratégie aux attaques était le silence. Mais c'était dur ! Elle but un coup de rouge pour garder son calme. Ça, c'était son yoga à elle.

Mimi fit irruption dans le café. Elle venait de fermer la laverie. Et comme chaque fois que sa journée était finie, elle rejoignit son Gégé dans la « succursale » d'en face. Elle avait l'air grognon.

— Y a encore des cons qui ont détraqué l'essoreuse, dit-elle. Quand elle sera réparée, je mettrai un panneau « en panne » dessus et ils la bousilleront plus, ces corniauds.

— T'énerve pas, Mimi, dit Bibiche. C'est mauvais pour tes artères. Allez, j'te sers un panaché.

— Ouais. Tiens, à propos, Irma, qu'est-ce qu'elle a dit la vieille Bertha quand elle a récupéré ses gilets Petit Bateau ?

— Rien. Elle les a pas encore vus. Je les ai rangés dans sa garde-robe. Toute façon, le jour où elle s'en apercevra, je dirai que ce sont tes machines qui sont détraquées…

— Quoi ??? s'étrangla Mimi. Si tu fais ça, je dépose plainte chez le commissaire Léon pour calomnies mensongères !

— Tu vois pas qu'elle te charrie ? dit Gégé. Tu marches au quart de tour, toi !

— La vieille Bertha risque pas de s'en apercevoir avant longtemps, la rassura Irma. Elle a d'autres préoccupations en ce moment, elle vient de trouver un cadavre derrière la tombe de son mari !

— Ça me paraît normal de trouver des cadavres dans les cimetières, dit Rose.

— Oui, mais on n'enterre pas les gens comme ça dans la terre sans les mettre dans un cercueil et sans même inscrire leur nom au-dessus, objecta Irma.

— Comment elle a trouvé ça ?

— En tirant sur une racine. Y avait une main au bout.

— Sont polis les morts, rigola Gégé, maintenant y te serrent la pince quand tu vas leur rendre visite !

— Et après, qu'est-ce qu'elle a fait la vieille rosse ? demanda Bibiche qui n'avait jamais aimé la bouchère.

— J'lui ai conseillé d'aller voir Monsieur Léon de ma part.

— Et elle y est allée ?

— Oui. Elle l'a trouvé plutôt beau gars malgré qu'il est flic, qu'elle m'a dit. Par contre, elle a pas du tout aimé son chien. Elle trouve qu'il est vilain.

— Ça, elle n'a pas tort ! approuva Rose. C'est un bâtard.

— Moi, je crois que c'est la bouchère qui a tué la femme et qui l'a enterrée derrière la tombe de son mari, affirma Bibiche.

— Pourquoi elle aurait fait ça ?

— Par jalousie, tiens. Elle a jamais supporté les jeunes donzelles. Tu te souviens quand ils avaient encore la boucherie, elle servait toujours des morceaux de viande pleins de nerfs à la fille de ma sœur quand elle venait en vacances. Tout ça parce qu'elle était mignonne. Quelle garce, cette Bertha !

— Moi, si je tuais quelqu'un, assura Rose, je n'irais certainement pas voir la police !

— Y en a qui font ça par stratégie, pour détourner les soupçons, expliqua Bibiche.

— Ça fait le deuxième cadavre avec celui du cimetière Saint-Vincent, dit Gégé qui l'avait entendu à Radio Montmartre.

— Je t'en ressers un ? demanda Bibiche à Irma, voyant que son verre était vide.

Irma ne répondit pas. Elle était plongée dans ses pensées. Se souvenait du jour où elle avait voulu descendre dans la cave de la vieille Bertha une petite table qui encombrait la bouchère mais dont elle ne voulait pas se débarrasser car c'était un souvenir de famille. La vieille était devenue cramoisie quand Irma avait insisté en croyant qu'elle était simplement soucieuse de lui épargner les escaliers, et lui avait dit en criant qu'il était hors de question qu'elle mette les pieds dans la cave. Une fois calmée, elle s'était excusée. Avait expliqué que cette cave était dangereuse à cause des marches glissantes et des rats qui avaient envahi les lieux. Qu'elle-même n'y allait jamais. Sur le moment, Irma avait été surprise d'une telle réaction. Puis elle avait mis ça sur le compte de la vieillesse. « À cet âge-là, on disjoncte parfois », avait-elle pensé. Au fait, où était passée la fameuse petite table ? Maintenant qu'elle y songeait, ça faisait un bout de temps qu'elle avait disparu ! La vieille Bertha ne voulait pas la donner, et elle prétendait qu'elle ne descendait jamais à la cave… Alors ?

Irma décida d'aller faire un tour par là. C'est pas une armée de rats qui allaient lui flanquer la trouille ! Elle en avait vu d'autres et trouvait les humains bien plus dangereux que les animaux.

15

Le commissaire Léon vit son collègue Pinchon devenir de plus en plus livide lorsqu'ils traversèrent l'interminable couloir où étaient alignés des cadavres nus, protégés pas des couvertures de plastique transparent. Lui-même devait virer à la couleur « fromage blanc ». Seul Babelutte paraissait guilleret et remuait la queue chaque fois qu'il passait à côté d'un morceau de viande emballé sous vide. Se demandant pourquoi y en avait pas des aussi gros au supermarché.

Pinchon s'arrêta un moment, comme pris de nausées.

— Ça va, mon vieux ? demanda le commissaire.

— Ça va aller…

— Vous ne préférez pas retourner m'attendre dans la voiture ?

— Non, faut que j'y arrive.

— C'est la première fois que vous venez ici ?

— Oui.

— Vous verrez, on s'y fait, mentit le commissaire.

Non, il ne s'était jamais habitué à ces amas de chairs inertes et bleuies, étalées sur des chariots en ferraille. Léon détourna la tête en passant devant le corps d'une fillette. Rien ne lui paraissait plus injuste que la mort d'un enfant. C'était aussi pour ça qu'il avait choisi de faire ce métier. Pour empêcher les fous de faire du mal aux petits.

Il croyait en la justice, pas dans les hommes qui la gouvernaient. Il savait que les riches avaient plus de chances de s'en sortir que les pauvres et qu'il n'y avait aucune logique. Il avait vu des gens condamnés à des années de prison pour vol sans coups ni blessures, et d'autres à quelques mois seulement pour viols ! Pourtant, Léon continuait à espérer, trouvait que l'espoir était une valeur à protéger par-dessus tout.

Deux cadavres attendaient leur tour à côté de la salle de dissection. Léon pensa que ça manquait de posters aux murs et de plantes, comme dans la salle d'attente de son dentiste.

Ils croisèrent un assistant dont la blouse blanche était constellée d'éclaboussures de sang. Le gars poussait le chariot d'un « disséqué » auquel il manquait la tête avec une totale indifférence, comme s'il s'était agi d'un Caddie rempli de provisions.

— Jour, commissaire ! lança-t-il joyeusement. Content de vous voir ! Je commençais à me faire du mauvais sang pour vous !

— Il en lâche souvent, des plaisanteries de ce genre ? demanda Pinchon lorsque l'assistant se fut éloigné.

— C'est leur façon de tenir le coup dans cette boucherie, répondit Léon. Faut pas leur en vouloir. Z'allez voir, mon vieux, le toubib est pire encore ! Accrochez-vous !

— On est bientôt arrivés ?

— Oui. Estimez-vous heureux, aujourd'hui ça ne

bouchonne pas ! Si par malheur on vient le lundi, il faut slalomer entre les civières pour avancer. Les accidents de la route du week-end. Après ça, on n'a plus envie de remonter dans sa bagnole… Tenez, on y est !

Un bruit épouvantable provenait de la salle d'autopsie.

Par la porte ouverte, on apercevait le médecin légiste occupé à scier la calotte crânienne d'un vieillard.

— Merde ! jura le légiste, j'ai pété ma scie !

Le commissaire profita de cet instant d'accalmie pour entrer.

— Bonjour, toubib !

— Ah, salut, commissaire. Il avait la tête dure, le p'tit vieux ! Vous vous y connaissez en bricolage ?

— Pas vraiment.

— On n'a qu'une seule scie électrique pour cinq salles de dissection, se plaignit le toubib.

— La police se cotisera pour vous en acheter une à Noël ! Je suis venu avec Pinchon, mon collègue.

— 'Chanté. Vous voulez boire quelque chose ?

— Non merci, dit Pinchon.

— Whisky, vodka, bloody mary ? plaisanta le toubib.

— Euh…

— On a même des cacahuètes aujourd'hui, précisa-t-il en montrant un petit sachet transparent contenant des morceaux d'arachides. C'était dans l'estomac du vieux. Hier, j'aurais pu vous proposer des olives…

Pinchon eut envie de vomir lorsqu'il aperçut sur le côté une table couverte de bocaux renfermant les organes prélevés des corps pour des analyses.

— Je réparerai ma scie tout à l'heure, dit le toubib. On va s'occuper de notre princesse. Attendez-moi une seconde, je vais la chercher.

Il ôta ses gants en caoutchouc et disparut dans le couloir. Il revint quelques minutes plus tard avec une femme nue sur une civière. Elle avait une vingtaine d'années, des cheveux châtains et le bras droit sectionné au niveau du coude, comme la première victime. Mais, en prime, une méchante déchirure sur le sein. N'avait plus rien d'une princesse !

Le commissaire Léon ouvrit son carnet pour noter tout ce que le légiste allait lui révéler.

Ce dernier enfila une autre paire de gants et jeta la précédente dans une grande poubelle qui dégageait une puanteur insoutenable.

— Bon, on y va ! fit le toubib. Attachez vos ceintures !

À l'aide d'une fine lame, il lacéra les jambes de la fille.

— Trois hématomes sur la cuisse droite et un sur la gauche.

Puis il saisit un gros couteau et ouvrit la cage thoracique. Un craquement épouvantable résonna dans toute la pièce. C'en était trop pour Pinchon, qui dut sortir précipitamment.

S'accrochant à son crayon, le commissaire Léon continua à noter pendant que Babelutte attendait sous la civière, comme s'il était sous la table de la cuisine…

Le commissaire avait tracé un croquis sommaire du corps de la fille. Le légiste commença à extraire le cœur et le posa sur une balance.

— Cette fois, la mort est due à un coup de couteau porté en pleine poitrine.

Il extirpa ensuite les poumons, les posa également sur la balance puis remit le tout à sa place.

— Je me suis occupé du cerveau hier, dit-il en décollant la calotte à la manière d'un œuf à la coque ; rien à signaler de ce côté. Quant à ce qu'elle a ingurgité avant de mourir, on va voir ça tout de suite.

Il prit l'estomac et l'ouvrit d'un coup de lame.

— Mmm... Des spaghettis bolognaise ! Mon plat préféré ! Ah, tout le charme de l'Italie, la saveur ensoleillée du chianti, Venise l'envoûtante, comme une femme aux dessous troublants...

Emporté par sa passion pour la péninsule, le toubib se mit à chanter *Volare, cantare !*

Le commissaire, qui adorait aller à la Rughetta, le resto italien de son quartier, se dit que plus jamais il ne pourrait avaler des spaghettis sans penser à cette scène. Heureusement, on y servait aussi des pizzas ! Quant à Babelutte, voyant qu'il n'y avait pas d'espoir qu'une miette tombe de la table à roulettes, il s'en alla plus loin en poussant un soupir de charrette à bras.

— La fille a dû se débattre, précisa le toubib. Bon, allez ma cocotte, je t'ai assez tripotée pour aujourd'hui, fit-il en lui remettant l'estomac en place. En voiture, Simone, zou !

Et il rangea la civière dans le couloir.

— Hé, fit-il en revenant, c'est pas tout le monde qui a la chance d'ouvrir le cœur d'une gonzesse pour voir ce qu'il y a à l'intérieur, hein, commissaire ?

— Quand est-ce que le labo me livrera le résultat des analyses ?

— Je leur ai demandé de faire vite, mais ils sont

débordés. Comme pour l'autre cadavre, j'ai également prélevé ce qu'il y avait sous les ongles.

Pendant ce temps, profitant du fait qu'on ne le regardait pas, Babelutte avait réussi à fourrer son nez dans la poubelle et y avait trouvé un trésor. Tranquillement installé dans un coin, il dégustait un morceau de foie. Décidément, c'était autrement meilleur que ses boîtes de Canigou !

16

— J'ai une passion pour Lautrec. C'était quelqu'un d'authentique, expliqua Carine à son amie Marie. Il ne s'est jamais laissé enfermer dans un style commercial. Il a continué à chercher au fond de lui ce qu'il avait d'unique. Je crois que le secret est de rester en accord avec soi-même. Mais le jour où on ne ressent plus cette passion de peindre, cette jubilation ou cette brûlure, c'est qu'on est sur le mauvais chemin. Alors vaut mieux s'arrêter. Prendre du recul.

Marie aurait écouté son amie pendant des heures. Carine avait une façon de peindre bien à elle et ses réflexions traduisaient un cheminement intérieur sincère et profond. Marie, elle, peignait de manière instinctive, sans trop essayer d'analyser. Mais les mots de Carine faisaient écho en elle.

— Ce qui m'effraie, dit Marie, c'est l'idée que je puisse me laisser influencer par d'autres peintres que j'admire.

— Matisse prétendait n'avoir jamais évité l'influence des autres. Il disait que la personnalité de l'artiste s'affirme par les luttes qu'elle a à subir contre d'autres personnalités.

— Souvent, les gens veulent des choses gaies.

— Là aussi, c'est un piège. L'art est le reflet de tes émotions, et si tu es triste, exprime-le ! Si tu es joyeuse aussi. Mais ne te soucie que de ta propre résonance intérieure. Ce qui est juste finit toujours par toucher le cœur de quelques-uns. Et ça suffit. Tu viendras à mon expo ?

— Quoi ? Tu exposes ? Tu ne me l'avais pas dit ! s'exclama Marie.

— Je le sais depuis ce matin !

— Mais c'est génial !

— Oui… J'ai très peur.

— Je suis certaine que ce sera super !

— J'aurai l'impression de me mettre toute nue devant les gens en montrant mes toiles, avoua Carine.

— Moi, ce serait plutôt l'avis de mes amis qui me ferait le plus peur.

— Ils peuvent ne pas aimer ce que tu peins mais t'aimer toi !

— Ben ça, tu vois, je n'en suis pas certaine. Ce que je peins, c'est ce que j'ai à l'intérieur de moi, et s'ils n'aiment pas ça, ils n'aiment que mon reflet.

— Tu as peut-être raison.

— Et où exposes-tu ?

— À la galerie Art Vocation Mobile, rue Caulaincourt à Montmartre. Le vernissage a lieu dans trois semaines. Tu amèneras ton père, comme ça, on fera connaissance !

Marie sourit. Elle avait raconté à son amie qu'elle venait de retrouver son père après des années de séparation. Mais elle ne lui avait pas encore dit qu'il s'appelait Irma !

17

La vieille Bertha venait de grimper dans l'autobus pour aller à Saint-Ouen rendre visite à sa sœur qui habitait dans un HLM, près du pont de l'autoroute. Elles se voyaient une fois par mois. Bertha achetait un cake à l'épicerie du coin, enlevait l'emballage et l'enveloppait dans un torchon propre pour faire croire qu'elle l'avait confectionné elle-même.

Irma attendit que le bus ait démarré pour quitter le bistrot où elle s'était planquée et elle fonça chez la vieille bouchère. Elle disposait de l'après-midi pour explorer la cave. Elle fouilla dans tous les tiroirs de la commode de la chambre à coucher et finit par trouver la clef sous les robes de chambre en pilou. « Pas étonnant que son mari regardait ailleurs, pensa-t-elle, imaginant la vieille bique dans ces horreurs à fleurs. Ça te donne pas envie de cueillir des pâquerettes ! »

Bertha et son mari avaient acheté leur petite maison pour une bouchée de pain à l'époque. Elle était sombre et triste, mais elle avait l'immense avantage de ne pas avoir de vis-à-vis. L'entrée de la cave donnait sur l'arrière-cour. Irma la traversa, ouvrit la porte, la referma à clef derrière elle et chercha l'interrupteur, qu'elle ne trouva pas. Heureusement, elle avait emporté une torche. Elle descendit les escaliers, constata que ceux-ci n'avaient rien de glissant ! En revanche, elle dut se baisser pour éviter les toiles d'araignées qui pendouillaient. Drôle de cave ! Un long boyau menait à une deuxième porte. « Zut, grogna Irma, il faut peut-être une autre clef. » Mais la porte n'avait pas de serrure.

Irma faillit tomber à la renverse en découvrant le spectacle qui s'offrait à elle… Des mannequins grotesques habillés en femmes, avec des boutons cousus à la place des yeux et des lèvres rouges dessinées au marqueur, pendaient à des crochets de bouchers. Certaines de ces créatures en chiffon avaient un couteau planté dans la poitrine, d'autres des ciseaux enfoncés dans la bouche ! Ainsi, la vieille peau de vache se défoulait dans sa cave ! Et si elle ne se contentait pas seulement de tuer « pour rire » ?

Irma entendit un curieux bruit provenant du couloir… Elle éteignit sa lampe de poche.

18

À midi, Bornéo n'allait jamais prendre ses repas à la cantine habituelle des flics. Pas seulement parce qu'il avait besoin de déconnecter, mais parce qu'il voulait être tranquille pour faire son « travail ». Et si jamais quiconque découvrait ce qu'il trafiquait pendant ses heures de pause, il serait la risée de la PJ ! Mais c'est qu'il avait beaucoup de bouches à nourrir, lui ! Et c'est pas avec son salaire de lieutenant qu'il arrivait à nouer les deux bouts. Sa femme, Carmen, devait s'occuper des mômes et il était exclu qu'elle envisage de travailler, du moins pas avant longtemps, vu que le petit dernier était en préparation…

Il relut pour la énième fois la dernière ligne du premier chapitre de son nouveau roman rose intitulé *Épouse-moi pour la vie, Eugénie*, une sirupeuse histoire d'amour, tout en plumes d'autruche et falbalas, entre une jeune comtesse née dans un château digne d'Euro Disney et un pauvre bougre sans emploi. C'était Plan-Plan à Buckingham, Roméo SDF et Juliette le cul dans le beurre ! Pathétique !

« Ne me laisse pas, Eugénie chérie ! Je t'offrirai

des colliers en pierre de lune et des chaussons à pompons étoilés. »

Depuis trois ans qu'il écrivait ce genre de sucreries, Bornéo commençait à attraper des caries. Les trous étaient de plus en plus grands. Il avait bien pensé écrire des polars, mais ça le replongeait trop dans son métier. Et il avait surtout envie de s'évader de temps en temps ! Le porno, c'était pas son truc. Il préférait l'amour-télé sous la couette aux gymnastiques périlleuses en costume de Zorro.

Il revint à ses « pompons étoilés ». Pas moyen d'aller plus loin ! Il ne pouvait sortir de sa tête l'image de cette jeune fille au bras coupé. C'est lui qui était allé au cimetière du Père-Lachaise avec une équipe pour déterrer le cadavre. La vision atroce de ce corps décomposé s'était imprimée à jamais dans sa mémoire. Pourtant, il en avait vu d'autres ! Mais cette jeune femme avait quelque chose de pathétique. Comme si ce qui restait de son visage tentait d'exprimer un terrifiant secret. Il n'oublierait jamais son regard vitreux, sa bouche entrouverte remplie de terre qui avait recouvert ses derniers cris.

Il décida de rentrer au bureau pour regarder encore les clichés pris au cimetière. Il lui semblait que quelque chose lui avait échappé, mais quoi ?

19

Cachée derrière une armoire, Irma attendit. Les pas se rapprochaient… Elle n'avait jamais aimé les caves. C'est là que son père l'enfermait quand il était petit et qu'il avait fait une bêtise.

Et si la vieille bouchère avait fait semblant de prendre le bus et qu'elle soit descendue à l'arrêt suivant ? Soupçonnait-elle quelque chose ? Irma sentit la sueur couler sous ses aisselles. Instinctivement, elle tâtonna pour trouver un objet ou une barre afin de se protéger. Elle distingua une ombre à l'entrée de la porte. Celle d'un enfant !

Clic ! Une ampoule s'alluma au milieu de ce capharnaüm. Elle reconnut le nain qu'elle avait vu au Colibri ! Qu'est-ce qu'il fabriquait là, ce Pin's ? Il traînait un grand sac qu'il laissa dans un coin. Puis il éteignit la lumière et s'en alla.

Irma poussa un gros soupir. Bizarre, ça, il n'avait pas jeté le moindre coup d'œil aux mannequins !

Dès qu'elle entendit la porte du haut se refermer, elle quitta sa tanière et ralluma sa torche. Elle fonça en direction du gros sac et l'ouvrit. Il contenait des livres. Irma les feuilleta. Tous parlaient de sorcellerie…

20

Bornéo laissa la moitié de son sandwich, paya au comptoir et s'en alla. Il vit Nina Tchitchi traverser le quai des Orfèvres et se diriger vers « la Tour », surnom que l'on donnait aux locaux de la PJ. Elle portait un tailleur rose et des talons qui lui donnaient une démarche de canard. Bornéo fit exprès de ralentir le pas. N'avait pas envie de parler à un bubble-gum. Mais un énervé du klaxon se défoula pour faire avancer les autres plus vite, et Nina se retourna. Lorsqu'elle l'aperçut, elle lui fit un sourire jusqu'aux oreilles et l'attendit. Bornéo la salua poliment, comme d'habitude. Cette exaltée lui flanquait les boules ! Il y avait déjà assez d'agitation chez lui avec ses mouflets.

— Ça va, lieutenant ?

— Fatigué, dit-il, espérant ainsi clore le débat.

— Vous devriez prendre des vitamines C ! Et aussi vous détendre.

— Mmm… Pas le temps.

— À la pause de midi, par exemple, vous pourriez venir chez moi. Je n'habite pas loin. Je pourrais vous faire un petit massage !

Voyant l'air surpris du lieutenant, elle ajouta en roulant des hanches :

— Oh, en tout bien, tout honneur !

— Je n'aime pas les massages, grogna Bornéo.

— Ah bon ? Vous êtes bien le premier ! Enfin, soupira-t-elle, déçue. Écoutez, j'ai une autre idée.

Il avait envie de lui dire : « Fermez-la ! », mais il resta poli.

— Rien de tel qu'une belle histoire d'amour pour vous relaxer ! En ce moment, je lis un bouquin super ! Je suis presque à la fin. Dès que je l'aurai terminé, je vous le prêterai. Ça se passe dans le désert. Josiane rencontre Marcel, un touriste qui s'est perdu à dos de chameau. Tout les sépare. Josiane a vingt-six ans et Marcel soixante-quatre. Elle est avocate et il est pompiste à Maubeuge. Tenez, regardez ! dit-elle en sortant le livre de son sac en bonbonnière.

Depuis qu'elle avait commencé à lui raconter l'histoire, Bornéo avait senti ses joues devenir toutes rouges. C'était la première fois que quelqu'un lui parlait d'un de ses livres !

— Cette Angélica des Aubrays doit être une femme formidable ! dit Nina. Sûr qu'elle fait tomber les hommes comme des mouches ! J'ai tout lu d'elle ! Mais le meilleur, c'est *Prends-moi ou je meurs*. Je vous le prêterai.

— Je ne lis pas ce genre de conneries, lâcha Bornéo.

— Ah, c'est bien les hommes, tiens ! Dès qu'on leur parle d'amour, ça leur fiche les jetons. Ils ne s'intéressent qu'à ce qui leur tape dans l'œil du premier coup. Pas à ce qu'il y a autour ! En revanche, les bouquins de cul, ça, tant que tu veux mon poilu !

— Je n'aime pas les histoires de cul non plus.

— Vous vous intéressez à quoi alors, lieutenant ? Au foot ?

— Non. Aux cercopithèques.

— C'est quoi, ça ?

— Ce sont des singes à longue queue qui vivent en Afrique.

— Ah ouais ! fit-elle d'un air entendu.

Ouf ! Ils étaient arrivés ! Bornéo la planta sur le seuil et fonça dans le bureau du commissaire. Babelutte le reconnut et aboya. Ce drôle de clebs ne gueulait que quand les gens lui étaient familiers. Mais si un inconnu entrait, il ne bronchait pas. Sacré chien de garde ! Il avait dû louper une case à la naissance.

Les mains sous le menton, le commissaire Léon fixait le curé assis en face de lui. On le connaissait bien dans la maison ! Au moins une fois par mois, le vieux curé se faisait choper dans les grandes surfaces en train de piquer des attaches trombones ! C'était son truc à lui. Un jour, suite à la plainte déposée par un directeur de magasin qui avait vu son stock diminuer à vue d'œil, la police avait fait une perquisition au presbytère. C'est ainsi que Léon avait découvert un jésus grandeur nature entièrement fabriqué avec des attaches trombones !

Bornéo espérait que le commissaire n'allait pas encore l'alpaguer pour arracher des aveux au curé et jouer au grand méchant loup. Léon profitait de l'imposante carrure de son collègue pour intimider les lascars à la langue de bois. Comme il l'avait fait la dernière fois avec le zinzin du cimetière Saint-Vincent. Pourtant, y avait pas plus doux que Bornéo ! N'avait jamais écrasé une mouche !

— Du neuf dans l'affaire des femmes mutilées ? demanda-t-il.

— Tiens, dit le commissaire en lui tendant un carnet, je suis allé à l'Institut médico-légal. J'ai tout noté.

Bornéo prit le carnet et retourna dans son bureau. L'ouvrit, lut attentivement les notes et étala les photos devant lui. Soudain, les paroles de Nina Tchitchi lui revinrent en mémoire : « Les hommes ne s'intéressent qu'à ce qui leur tape dans l'œil du premier coup. Pas à ce qu'il y a autour. » Jusqu'à présent, il avait détaillé les corps, s'était attardé à chaque partie, cherchant un indice qui aurait pu lui donner une piste. Mais il n'avait pas bien regardé autour... Il prit une loupe et scruta le décor. Là, sur le mur du cimetière Saint Vincent au pied duquel on avait déterré le cadavre, il remarqua un petit dessin taillé dans la pierre. Une sorte de signe cabalistique en forme de croix, avec une lettre de chaque côté des branches, en haut et en bas. Au-dessus, il lut : « A » et « G », et en dessous, « L » et « A ».

Il fonça chez le commissaire. Le curé était toujours là.

— « AGLA », ça te dit quelque chose ? demanda Bornéo à Léon.

— Non, rien du tout !

— Si je puis me permettre... C'est le premier mot du carré des invocations à Dieu, expliqua le curé. C'est l'acrostiche des mots hébreux *Atah, Gabor, Lailam, Adonaï*. Ce qui signifie : « Tu es fort toujours, Seigneur. » Il y a aussi une autre traduction, plus secrète, mais que je ne puis vous dévoiler. Il ne faut pas jouer avec ça. Ces mots ont une valeur magique et occulte plus puissante qu'on ne le pense. C'est dangereux !

— Vous voulez dire que ça peut être utilisé lors de messes noires, par exemple ? demanda le commissaire.

— Ça peut…

— Merci, mon père ! fit le commissaire.

— De rien. Si vous avez besoin d'en savoir plus, vous me demandez.

Le téléphone sonna. C'était Ginette, la mère du commissaire.

— Léon, j'ai une question très importante à te poser.

— Maman, je t'ai déjà dit de ne pas me déranger en plein boulot.

— Mais c'est pour gagner un mange-cookies musical qui a la tête de Bill Clinton… Tu soulèves sa casquette de golf pour prendre un cookie dans son crâne et il dit : « Merci Monica ! »

— Maman, c'est débile !

— Pas du tout ! C'est très amusant ! Mais pour gagner il faut répondre à une question : « Quand est-ce qu'il a été élu président des États-Unis ? »

— Écoute, là j'ai vraiment pas le temps, soupira le commissaire. On verra ça ce soir, d'accord ?

— Bon, fit-elle, déçue. À propos, je t'ai préparé une bonne sauce bolognaise pour accompagner des spaghettis. Je sais que tu adores ça, mon chéri.

Léon raccrocha. Après sa visite à l'IML, les spaghettis étaient bien la dernière chose qu'il ait envie de déguster !

— Viens, Bornéo, on fonce au Père-Lachaise examiner les alentours de la tombe de Modigliani. Si on trouve le même signe, on est sur une piste !

— Euh, je peux partir ? demanda le curé.

— Oui, je vous libère pour services rendus à la police. Mais tâchez de perdre votre sale manie ! Devriez essayer de fabriquer le Christ avec des coquilles de moules. Ça se trouve partout à la mer et c'est gratos.

En passant devant Nina Tchitchi, Bornéo lui adressa un grand sourire. Ça la rendit toute chose ! C'est fou ce qu'il ressemblait à Jean-Robert, le beau ténébreux qui enlevait Jessica dans *Prends-moi ou je meurs*. Il était grand, fort, avec des cheveux châtains et, comme lui, fumait des Gauloises.

Bientôt, Nina aurait de nouveaux seins. Avec ça, c'est sûr qu'elle allait faire fureur !

21

Maurice, le cuisinier antillais du Colibri, était revenu de vacances. Avec ses économies, il s'était acheté un beau vélo tout jaune pour sillonner les routes de France.

— Alors, demanda Jeannot qui n'avait pas pris de congés depuis des années, comment ça s'est passé ?

— Mal.

— La bouffe était mauvaise ?

— Si ce n'était que ça !

— Allez, bois un coup à ma santé et raconte !

— J'avais demandé à un copain de me déposer à Chartres. Tout guilleret, je suis monté sur mon vélo, mais au premier carrefour, v'là-t'y pas qu'un vieux pépé a traversé sans regarder. J'ai freiné comme un malade et actionné ma sonnette en même temps. Dring ! dring ! Qu'est-ce t'aurais fait à ma place ?

— Pareil, répondit Jeannot.

— Donc, j'ai sonné. Et le pépé s'est même pas retourné ! Sourd comme un pot qu'il était ! Tout à coup, j'ai entendu le sifflet d'un flic. Je me suis dit qu'il en avait après le pépé. Mais pas du tout ! C'est à moi qu'il s'adressait, cette andouille. « Vos papiers ! »

qu'il m'a demandé. « Qu'est-ce que j'ai fait ? » que j'lui ai dit. « Il est interdit de sonner devant un hôpital », qu'y m'a fait ! « Quoi ? Vous auriez préféré que j'écrase le vieux ? » « Faut pas sonner, c'est le règlement », qu'il a répondu. Et il m'a collé un procès, ce con ! « À quoi ça sert alors d'avoir une sonnette ? », que je lui ai demandé. Si c'est juste pour la déco, j'aurais pu aussi bien mettre le portrait de ma tante !

— Moi, j'aurais pas donné mes papiers, dit Irma. J'aurais foncé !

— J'ai pas osé. Les uniformes, ça me traumatise. Les seuls que je supporte, c'est ceux des pom-pom girls.

— Bon, c'est tout ? fit Jeannot. Tu dois pas t'en faire pour un procès, mon gars. Tant qu'on a la santé !

Sur ce, Irma but un coup. Elle faillit s'étrangler quand elle vit entrer le nain avec sa valise à roulettes.

— Bonjour tout le monde. Bibiche n'est pas là ?

— Non, elle est à une démonstration Tupperware, dit Jeannot, qui en avait marre de voir sa femme dépenser plein de fric pour les merdouilles du Pin's. La moitié du réduit dans la cour est déjà rempli de sa camelote qu'elle lui achète uniquement parce qu'elle a bon cœur. Elle ne s'en sert même pas !

— Dommage, fit-il, parce que j'ai des guirlandes lumineuses qui jouent *La Marseillaise* quand on les branche.

— C'est pas encore Noël !

— Et alors, répliqua le nain, des guirlandes, ça se met partout. Tiens, autour de ta télé, par exemple. J'ai quelque chose pour toi, patron, dit-il en ouvrant sa valise. Un tire-bouchon qui fait lampe de poche en même temps. Regarde ! C'est très pratique si tu veux aller boire un coup en cachette dans ta cave.

Jeannot ne se laissa pas tenter.

— Et vise-moi ça, dit-il en brandissant une sonnette sous le nez de Maurice. Ça ce serait chic sur ton nouveau vélo ! Quand tu la dévisses, ça fait yo-yo en même temps !

Le cuisinier faillit le faire décoller du sol.

— T'as de la chance que t'es petit, éructa-t-il.

— C'est rien, expliqua Jeannot. Il est un peu énervé.

Le Pin's avala son eau grenadine et referma sa valise. Avant de sortir, il ramassa une vieille carte de visite déchirée dans un cendrier.

— Je collectionne tout ce qui est déchiré. Ça m'amuse de recoller les morceaux, dit-il.

Irma but son verre d'un trait et le suivit dans la rue.

22

Suivi de son chien, le commissaire Léon traversa l'allée principale du Jardin des Défunts, bordée de tilleuls et de thuyas. Ici, ça ne sentait pas la mort mais l'oranger, le lilas et la rose. Même s'il n'aimait pas particulièrement les cimetières, il dut reconnaître que celui du Père-Lachaise était l'un des plus beaux qu'il ait jamais vus. Bornéo flânait, admirant les sculptures de femmes alanguies ou d'anges aux ailes cassées. Toutes avaient quelque chose à la fois de pathétique et d'apaisant. Ils passèrent devant la tombe de Jim Morrison pour rejoindre l'avenue des Acacias. Un groupe de fans était assis devant en tailleur. Le buste du chanteur de rock ayant été volé quelques années auparavant, il ne restait plus qu'une stèle en granit portant une épitaphe usée par le temps.

Bornéo appréciait le calme des cimetières, pour lui les seuls lieux dans Paris, avec les jardins, où les gens ne couraient pas le portable collé à l'oreille. Ici, on retrouvait la juste valeur des choses, et les morts étaient là pour rappeler qu'il faut savoir s'attarder et goûter pleinement chaque minute de la vie. Même

Babelutte ne se risquait pas à courir après les nombreux chats qui gambadaient entre les tombes.

Le commissaire était toujours impressionné de se trouver dans cet endroit qui réunissait tant de personnalités. Passer de Signoret à Oscar Wilde en saluant Méliès ou Édith Piaf lui semblait extraordinaire. Preuve qu'il n'avait rien perdu de son âme d'enfant. « Je serai mort le jour ou plus rien ne m'enchantera », pensait-il souvent.

Arrivés devant la tombe de Modigliani, ils reprirent conscience qu'ils étaient là pour le boulot ! Le lieutenant scruta les alentours, cherchant un signe ou un indice quelconque. Le commissaire, lui, prit des photos des tombes voisines, et surtout de celle de Modigliani et du mari de la bouchère derrière laquelle ils avaient trouvé le corps de la jeune fille. Sur la pierre tombale était inscrit en lettres dorées : « Hubert Blanchet 1921-1995 ». Dessous était posée une plaque ornée de fleurs en porcelaine avec la mention : « À mon regretté mari ».

Hypocrite, pensa Léon.

— Viens voir ! cria Bornéo.

Le même signe que celui qui figurait sur le mur du cimetière Saint-Vincent était gravé sur le tronc d'un arbre proche de la tombe du boucher.

— Crois-moi, il doit y avoir une histoire de messes noires là-dessous, assura le lieutenant.

Le commissaire prit plusieurs clichés de l'arbre, zoomant sur la croix taillée dans l'écorce. Au moment de partir, il s'aperçut que Babelutte avait disparu.

— Nom de Dieu ! lâcha-t-il.

— Si ma femme t'entendait, mon vieux, tu aurais

déjà ramassé un coup de sacoche sur la cafetière ! On est dans un lieu sacré ici.

— C'est vrai, désolé ! Mais où est passé mon couillon de chien, putain !

D'habitude, Léon était poli. Mais quand Babelutte faisait des fredaines, il se maîtrisait difficilement. Le plus terrible était qu'on ne pouvait pas crier dans les cimetières. Alors comment retrouver cet animal ?

— Tu vas vers l'est, moi vers l'ouest, et on se rejoint à la sortie, côté métro Père-Lachaise, dit le commissaire.

Bornéo longea le mur des Fédérés, victimes de l'histoire. Piqués çà et là, des œillets et des roses évoquaient la couleur du sang. Il passa à côté de la tombe d'Éluard dont il avait appris quelques poèmes au lycée.

Léon retrouva son chien couché sur le gisant du journaliste Victor Noir. La sculpture était dotée d'un phallus impressionnant, patiné par un siècle d'attouchements ! Le commissaire se dit que de tous les morts, c'était certainement lui le plus veinard !

Trop occupé à ronger un os de fémur trouvé sous la dalle cassée d'une tombe voisine, Babelutte ne s'aperçut même pas que son maître était là.

23

Irma attendit que le nain entre dans l'impasse Germain-Pilon. Cet endroit était un véritable coupe-gorge ! Le Pin's traversa la cour avec son « magasin à roulettes », puis il tira une grosse clef de sa poche et ouvrit une porte en fer. Fallait pas le laisser filer ! Au moment où il allait entrer, Irma sauta dessus.

— Hé ! Qu'est-ce qui vous prend ? cria-t-il. Vous êtes folle !

— Tu vas me dire ce que tu fabriques avec cette fêlée de bouchère, ou tu pourras même plus servir de nain de jardin !

— J'ai rien fait ! geignit-il. Lâchez-moi ! Vous m'étranglez…

Irma relâcha son étreinte. Elle avait une poigne de camionneur. Le nain était tout rouge !

— Je t'ai vu entrer dans sa cave. Qu'est-ce que vous trafiquez tous les deux, hein ?

— Rien.

Irma resserra son étreinte et souleva le nain à sa hauteur. Ses petits pieds pédalaient dans le vide.

— Je… Je vous jure que… argn…

Elle le reposa sur le sol sans le lâcher.

— C’est elle… qui m’a demandé si… je pouvais lui procurer des… bouquins de sorcellerie…

— T’as trouvé ça où ? demanda Irma en le tenant par la manche de son manteau.

— Chez un vieux bouquiniste.

— Elle t’a dit pourquoi elle voulait ces saloperies ?

— J’ai un principe, je ne demande jamais rien aux clients. Je fournis, c’est tout.

— Brave petit ! fit Irma en passant sa grosse paluche dans ses cheveux. Si t’en touches un mot à la bouchère, t’es mort. OK ?

— Moi, je vois rien et je dis rien. Suis trop petit…

— Ben tiens ! Allez, file ! Et fais gaffe de ne pas finir en tête pressée. C’était sa spécialité, à la charmante Bertha.

Le Pin’s disparut dans son antre. Irma était sûre qu’il mentait. Elle ne pouvait expliquer pourquoi, mais elle le sentait.

24

Le commissaire Léon était content. Il aurait bientôt terminé le paletot de Babelutte. Ah, çà, ce chien était un veinard ! Gros gâté, va !

Tout en tricotant, Léon réfléchissait aux meurtres des deux jeunes filles. Elles avaient sensiblement le même âge. Elles n'avaient pas été violées et leur disparition n'avait été signalée par personne. Et si c'était des touristes ? Pourquoi leur avait-on coupé l'avant-bras droit ? L'inscription trouvée à proximité des corps laissait à penser que ces meurtres obéissaient à un rituel. Le commissaire s'était renseigné auprès d'un de ses amis spécialiste dans l'étude des rites, mais il n'avait pas obtenu de réponse qui aurait pu l'éclairer. Rien ne correspondait. Il pouvait donc tout aussi bien s'agir de l'acte d'un fou dangereux. Pinchon et Bornéo s'étaient laissé enfermer dans les cimetières du Père-Lachaise et de Saint-Vincent et n'y avaient vu que des illuminés ou des homos occupés à se faire une petite gâterie dans des cryptes obscures.

Le labo avait livré le résultat complet des analyses et on avait trouvé du blanc sous les ongles des deux victimes. Elles avaient dû gratter un mur ou un sol de cette couleur. Le commissaire avait demandé une étude approfondie de ces traces de peinture. On lui avait promis de faire le nécessaire le plus rapidement possible.

— Commissaire !

Pinchon venait de frapper et de passer en même temps sa tête à travers la porte. Léon n'eut que le temps de laisser tomber son tricot sous son bureau.

— Dites, mon vieux, je ne vous ai pas dit d'entrer ! grogna le commissaire.

— Pardon, mais c'est urgent. On vient de trouver un troisième cadavre… Il a aussi l'avant-bras droit sectionné.

— Merde ! lâcha le commissaire.

Babelutte ouvrit un œil. Décidément, on ne pouvait jamais roupiller tranquille ici ! Il se passait toujours quelque chose.

25

Marie travaillait tard ce soir à la librairie. Des auteurs de polars signaient leurs livres. Irma enfila son gilet et décida d'aller boire un verre chez Hamade, pour changer. Elle n'aimait que les vieux bistrots. Trouvait les nouveaux sans âme. Elle descendit la rue Véron en traînant ses pantoufles. C'est pas tellement les ménages qui la fatiguaient, mais plutôt les p'tits vieux qui lui pompaient l'air. La pire était la mère de la poissonnière. Une teigne qui faisait exprès d'écraser des chips avec son fauteuil roulant pour qu'on s'occupe d'elle. C'est sûr, Irma regrettait ses heures de gloire chez Michou ! Quand « Madame Édouard » apparaissait sur scène en chantant *Gigi l'amoroso*, elle avait son petit succès ! Mais Dalida avec des varices, c'était plus ça…

Irma enfila quelques ballons de rouge et tapa le carton avec un pote, ancien taulard recyclé dans les paysages champêtres pour touristes. Personne n'avait jamais su pourquoi il avait séjourné quelques plombes derrière les barreaux, mais Irma s'en foutait. Au moment où elle se leva pour aller pisser, elle aperçut le nain qui remontait la rue. Que faisait-il dehors à cette heure tardive ?

Elle dit au patron qu'elle repasserait payer plus tard et sortit précipitamment. Elle suivit le Pin's en rasant les murs. La Panthère Rose n'aurait pas fait mieux ! Le nain s'arrêta devant la maison de la bouchère.

Je le savais ! se dit Irma. *Je savais qu'il avait menti. Mais qu'est-ce qu'il va foutre chez cette vieille peau en pleine nuit ?*

Il ne sonna pas et ouvrit la porte avec une clef.

Tiens, tiens...

Irma fouilla dans les poches de son tablier, extirpa son trousseau de clefs qu'elle emportait toujours avec elle. Elle attendit un peu avant d'entrer à son tour, et grimpa l'escalier dans le noir, tel un Sioux avec ses pantoufles d'espion. Arrivée en haut, la « ménagère aux pattes de velours » entendit un drôle de bruit. Comme si on égorgeait un cochon. Elle s'approcha de la chambre de la vieille Bertha. La porte était entrouverte et laissait passer une lumière poudreuse. Irma vit un foulard beige jeté sur la lampe de chevet. Sur le lit, la bouchère, nue et à quatre pattes, offrait son énorme cul au nain qui la besognait avec frénésie. Tant et si bien qu'elle couinait de plaisir, la salope ! De ses petites mains gourmandes, le Pin's malaxait la paire de nichons gélatineux.

Posé sur la table de chevet, un portrait du mari, bien tourné vers eux afin qu'il ne rate rien de la scène. Et qu'il en crève, évidemment ! On peut toujours mourir deux fois...

26

— C'est encore dans votre fief, commissaire ! dit Pinchon en franchissant les portes du cimetière de Montmartre.

Des camionnettes de flics stationnaient devant l'entrée. C'était le branle-bas ! Un troisième meurtre en si peu de temps, ça commençait à donner la chair de poule.

— Le lieutenant Bornéo est déjà sur place. Il était tout près d'ici quand on a signalé la découverte, expliqua Pinchon.

— Qu'est-ce qu'il fichait là ?

— Il était retourné voir le zinzin du cimetière Saint-Vincent.

— Qui a trouvé le cadavre ?

— Le jardinier. Il voulait planter un arbuste, il a creusé et, coucou pépère, la poule est sortie de son trou ! Il a cru qu'il lui avait tranché le bras avec sa bêche ! Le pauvre est tombé dans les pommes, à ce qu'il paraît.

Dring !

— C'est quoi, ça ? demanda le commissaire.

— Euh… C'est le cadeau de ma femme pour mon anniversaire. Pour pouvoir me joindre partout…

— Vous avez un portable maintenant ? s'étrangla Léon qui connaissait l'aversion de son collègue pour ce genre d'engin.

— Pas eu le choix.

Dring !

— Ben répondez !

— C'est que…

Tout en se dirigeant vers la 4e division, du côté de l'avenue de Montebello où avait eu lieu la découverte macabre, Pinchon extirpa son portable de sa poche et commença à le tripoter nerveusement. Panique à bord ! Il ne savait plus sur quel bouton appuyer pour prendre la communication. Le commissaire, qui l'observait discrètement, eut envie de rire. La sonnerie cessa.

— Et zut, grogna Pinchon. Ma femme va encore s'imaginer des choses.

Babelutte remua la queue à l'idée qu'il allait sûrement faire de succulentes découvertes.

Le cadavre avait été enterré derrière la tombe de Degas ! De nouveau un peintre. La fille était dans un sale état de décomposition. Une odeur insoutenable se dégageait de ce corps gris. Elle n'avait plus de visage. Bornéo avait trouvé un autre signe gravé au dos de la stèle du peintre. Le même que les précédents.

Léon pensa aux *Danseuses bleues* de Degas. Les couleurs chassent la mort. Pour un temps.

27

Il y avait beaucoup de monde à l'exposition de Carine. Principalement des élèves de sa classe et des profs. Mais aussi quelques amateurs d'art, des habitués de la galerie. Une petite femme avec un nœud rouge dans les cheveux et un ravissant sourire accueillait les gens. C'est elle qui s'occupait de la galerie, avec son ami, un beau moustachu qui ressemblait un peu à un marin breton. Leur chat, Max, gambadait entre les jambes des curieux. Il vint se frotter contre Marie qui venait d'entrer avec son père. Carine allait être surprise…

Les toiles étaient intéressantes. Carine avait un style bien à elle, plutôt abstrait, avec des tons bruns de terres mélangées et quelques touches de bleu de Prusse et d'ocre. En les regardant, Marie ressentait chaque fois une émotion très forte, comme un envol vers un ailleurs qui ne faisait partie ni des rêves ni des fantasmes, mais d'un imaginaire épuré de tout cliché.

Elle aperçut son amie en train de discuter avec un prof qu'elle connaissait pour l'avoir croisé quelques fois dans les couloirs de l'école. Un type un peu bizarre qui regardait toujours ses chaussures quand il marchait.

— Viens, papa, je vais te présenter Carine.

Pour la circonstance, Irma avait mis une robe noire avec un collier anthracite. Elle avait fait dans le sobre. Enfin, presque… à cause de ses durillons. Elle n'arrivait plus à chausser ses mocassins et avait décidé de garder ses pantoufles, se disant que les gens étaient là pour voir les peintures et pas ses godasses. Marie, ça ne la dérangeait pas. Tout ce qu'elle voulait, c'est que son père se sente bien.

Carine fit un grand sourire quand elle vit Marie et l'embrassa. Irma n'avait pas osé s'approcher. Elle se tenait un peu en retrait et se donnait une contenance en caressant le chat. Ravi, Max ronronnait.

— Je vais te présenter mon père, dit Marie en tirant son amie par le bras.

Carine s'attendait à tout sauf à ça !

— Je sais, ça surprend, fit Irma. En fait, je suis son père et sa mère en même temps. Deux en un ! Comme les shampooings…

Carine se mit à rire de bon cœur et embrassa Irma. Le choc passé, elle la trouvait plutôt drôle et gentille.

— Ça vous plaît ? demanda-t-elle.

— Beaucoup, répondit Marie. Tu as vraiment quelque chose d'unique en toi !

— Et vous, euh… monsieur ?

— Appelle-moi Irma. C'est très beau, mais je n'y connais rien.

— Papa, tu n'as pas besoin de t'y connaître pour aimer la peinture ! C'est surtout une question de sensibilité. Je crois qu'il faut se méfier de ceux qui intellectualisent tout. Ceux-là passent à côté de la vie.

— Bon, ben alors, disons que je suis en plein dedans ! conclut Irma.

Marie laissa son amie à ses invités et fit le tour de la galerie. Elle remarqua un homme élégant vêtu d'un costume beige et d'une chemise blanche, qui observait attentivement les toiles et ne semblait pas là, comme la plupart des gens, pour se montrer ou picorer des petits fours. N'aimant pas trop les vernissages, Marie eut soudain envie de rentrer chez elle. Elle chercha son père. Il avait disparu ! Elle sortit de la galerie et regarda aux alentours. Le trouva la robe relevée, occupé à pisser contre un mur, dans une impasse !

Elle éclata de rire et il se retourna.

— Désolée, ma chérie, mais j'avais un besoin urgent à satisfaire.

— C'est pas pour ça que je me marre, expliqua Marie. Tu as vu ce qui est marqué sur le mur ?

Irma leva le nez et lut : « Fais ce que dois, advienne que pourra. »

28

D'après le médecin légiste, la mort de la troisième victime remontait à trois mois. Elle avait donc été tuée avant les deux autres. Selon les analyses, elle devait avoir la trentaine et, comme la première, elle avait été intoxiquée au cyanure. On avait également décelé des traces de blanc sous les ongles !

Les empreintes des trois victimes avaient fait l'objet d'une recherche minutieuse, mais l'informatique n'étant pas toujours une boîte à miracles, elles ne correspondaient à aucune des personnes portées disparues. Du côté de l'ADN, ça n'avait rien donné non plus. Pas de bijou, ni de tatouage ou autre signe qui eût permis une quelconque identification.

Le commissaire Léon avait passé sa journée à plancher sur les dossiers, tâchant de trouver une piste. En vain ! Un peu par jeu, il prit une feuille et nota : Utrillo, Modigliani, Degas. Trois peintres qui avaient vécu à Montmartre. Qu'y avait-il d'autre de commun entre eux, sinon leur vie tumultueuse, propre à beaucoup d'artistes ?

La sonnerie du téléphone fit sursauter Babelutte.

— Commissaire ?

— Oui.

— C'est moi qui vous ai téléphoné à propos du corps de la jeune fille découvert dans une crypte du cimetière Saint-Vincent... Je vous appelle parce que j'ai lu dans les journaux que deux autres cadavres sans bras avaient été déterrés... C'est juste pour que ma conscience me laisse en paix, vous comprenez ?

Léon ne répondit pas. Avec ce genre d'individu, on marchait sur des œufs. Un mot de travers, et adieu l'ami !

— Je vous avais expliqué que j'avais rendez-vous au cimetière avec un garçon que je ne connaissais pas, et qui, d'ailleurs, n'est pas venu. Je ne sais pas si ça peut constituer une piste, mais au cas où, vous trouveriez son téléphone dans les toilettes de chez Jack, un bar homo situé rue d'Orsel, à Montmartre. Le numéro est inscrit en rouge sous la poignée de la porte.

— Vous ne voulez toujours pas venir faire une déposition ?

Il avait raccroché.

Le commissaire Léon enfila sa veste et appela son chien. Celui-ci ne bougea pas de son coussin. Il avait décidé de rester là.

— Ça alors ! s'exclama le commissaire. C'est la première fois que tu me fais ça ! Tu ne m'aimes plus ? T'es fatigué ?

Babelutte poussa un gros soupir et souleva ses pattes arrière, puis celles de devant. Les humains, il faut toujours leur prouver qu'on les aime ! Sont compliqués.

À la vue du commissaire, Nina Tchitchi raccrocha subitement le combiné. Mais Léon n'était pas dupe.

Il savait qu'elle profitait de ses heures de bureau pour appeler ses copines.

— Bonsoir, commissaire, dit-elle en minaudant. Vous ne remarquez rien ?

— Vos boucles d'oreilles en forme de pop-corn ?

— Oh, ça, c'est un détail. Elles sont comestibles. Vous voulez goûter ?

— Non merci. Je ne mange jamais en dehors des repas.

— Alors, fit-elle, impatiente…

— Je ne sais pas, moi, s'énerva Léon qui avait autre chose à faire que de jouer aux devinettes. Vos cheveux ?

— Mais non, dit-elle en se penchant pour lui montrer ses seins. J'ai finalement opté pour les poires… Il paraît que les hommes préfèrent…

— C'est très bien, conclut le commissaire. Il faut manger des fruits. C'est plein de vitamines ! J'espère que ça vous donnera de l'énergie pour travailler.

Et il sortit, suivi de Babelutte qui aurait bien aimé, lui, croquer un pop-corn !

Le commissaire Léon n'eut pas de mal à trouver le bar de Jack. Il était souvent passé devant en allant au théâtre. Il sentit les regards se tourner vers lui lorsqu'il entra. D'habitude on reluquait son chien. Pas cette fois ! Il commanda une bière, but une gorgée et alla directement aux toilettes. Il n'avait pas remarqué qu'un type l'avait suivi.

— Je te plais ?

— Pardon ? s'étrangla le commissaire.

— Je te demande si je te plais parce que toi, tu me bottes vachement !

— Euh…

— J'ai tout de suite vu que tu me zieutais quand t'es entré.

— Vous vous trompez, je…

— Je ne te plais pas ? C'est ça ? demanda le garçon, soudain agressif.

— Écoutez, foutez-moi la paix, d'accord ?

— Oh là ! Ne le prends pas comme ça, mon chéri. Si t'as des problèmes pour assumer ton homosexualité, ça peut s'arranger !

Agacé, le commissaire finit par exhiber sa carte.

— Je suis là pour le boulot, pas pour la branlette, vu ? Maintenant, va jouer à touche-pipi avec un autre, je m'en fous, mais lâche-moi la grappe.

— Oh bon, ça va ! Faut pas vous fâcher. Je ne pouvais pas savoir, moi ! Un mec qui entre ici et qui fonce illico dans les appartements de la reine, c'est pas pour jouer aux dominos !

Léon attendit que le pot de colle soit parti pour entrer dans les toilettes. On ne sait jamais… Il trouva le numéro écrit en rouge sous la clenche et le nota.

Quand il retourna au bar, il s'aperçut qu'on ne le regardait plus de la même façon. Le gars avait dû claironner qu'il y avait un flic dans le potage. Léon n'aimait pas qu'on le considère comme un grand méchant loup. N'avait rien contre les homos, lui, au contraire ! D'ailleurs son meilleur ami, qui habitait Bruxelles, était président de la Gay Pride. Il but son verre et s'en alla.

Au moment où il sortit du bar, on l'interpella sur le trottoir d'en face :

— Bonsoir, commissaire !

C'était le concierge de la PJ. Qu'est-ce qu'il foutait là, celui-là ? C'est évident que ce couillon allait lui tailler un costard rose bonbon avec des poches remplies de capotes ! Sa femme était une vraie gazette ! Demain matin, tout le monde serait au courant ! Mais le concierge traversa la rue et entra à son tour chez Jack ! Il mit son doigt sur sa bouche et lui fit un petit clin d'œil. Léon resta abasourdi. Le concierge avec ses grosses bretelles, son gros ventre, sa grosse femme et son petit canari était vraiment la dernière personne qu'il aurait soupçonnée d'avoir des penchants homosexuels !

Le plus pénible, c'est qu'il allait devoir maintenant se farcir le clin d'œil complice du gros chaque fois qu'il traverserait la cour de la PJ !

29

— Hé, fais voir !

Irma arracha le journal des mains de Gégé. *Le Parisien* titrait en couverture : « Le cadavre d'une jeune fille a été découvert dans le cimetière de Montmartre ».

L'article, signé Simone Alfonse, expliquait que c'était le troisième corps mutilé découvert en quelques semaines, enfoui à même le sol derrière la tombe d'un peintre célèbre. En médaillon, les portraits-robots des deux premières victimes dont personne n'avait encore signalé la disparition. L'article stipulait que le cadavre trouvé à Montmartre était dans un état de décomposition très avancé.

Irma connaissait la journaliste, une petite blonde kamikaze avec une rose tatouée sur le bras, qui habitait dans le même immeuble que le commissaire Léon. On la voyait souvent avec ses fiancés à la terrasse du Lux Bar de la rue Lepic. Elle en faisait collection.

— Faut que je parle au commissaire, dit Irma. Mais j'aime pas aller à la PJ, y a plein de cafards là-bas. Et je veux pas le déranger chez lui.

— Il y a un moment qu'il n'est pas passé, constata

Jeannot. Il doit être submergé de boulot avec cette affaire de meurtres. Tiens, quand on parle du loup !

Le commissaire entra. Il avait été chercher un pain au chocolat aux Petits Mitrons. Chaque fois qu'il passait devant ce boulanger, il craquait ! Il adorait prendre son petit déjeuner au Colibri, mais souvent, il partait au bureau sans manger. Aujourd'hui – jour de la saint Léon –, il avait décidé de ne plus se laisser gagner par le stress parisien.

— Bonjour tout le monde ! Jeannot, sers-moi un café, s'il te plaît !

— Alors, monsieur Léon, fit le patron, vous avez du pain sur la planche !

— Ça, on peut le dire !

Irma s'approcha de lui.

— Commissaire, ça tombe bien que vous soyez là, je voulais vous parler.

— Venez, dit-il, allons nous asseoir là-bas, au fond, on sera tranquilles. Vous buvez quelque chose pour moi ?

— Bah, un p'tit ballon pour me mettre en forme.

Ils s'installèrent sur une table près de la cuisine. Et Irma lui parla de sa découverte chez la bouchère ; des mannequins de femmes éventrés, des bouquins de sorcellerie apportés par le nain, et elle évoqua aussi leurs ébats sexuels.

— Vous êtes sûre qu'ils baisent ensemble ?

— Je les ai vus, commissaire ! La grosse avec son cul en l'air et lui occupé à chercher des violettes dans les plis de sa bedaine.

— Vous êtes très romantique, Irma. On ne dirait pas, quand on vous voit…

— Faut pas se fier aux apparences, commissaire.

— Bon, eh bien je vous remercie pour ces informations. Il ne faut négliger aucune piste. Mais actuellement, je n'ai pas de motif valable pour pouvoir perquisitionner chez cette dame. Faire joujou avec des mannequins et baiser avec un nain ne sont pas des délits !

— Franchement, il aurait pu choisir autre chose que ce gros dindonneau !

— Il n'a peut-être pas beaucoup de choix, vu sa taille.

— Détrompez-vous, commissaire ! C'est un sacré tombeur, et Rose l'a déjà vu au bras de superbes créatures ! Faut dire qu'il est plutôt beau gosse.

— À mon avis, la bouchère, c'est un fantasme fellinien, dit le commissaire Léon en avalant son café. Bon, faut que j'y aille ! J'ai du boulot !

Il avait hâte de retrouver les traces du jeune homo dont il avait repéré le numéro dans les toilettes de chez Jack. Il n'était pas un fana de l'informatique, mais il reconnaissait que, dans bien des cas, c'était drôlement efficace. Une empreinte, un numéro de téléphone, et hop, tous les renseignements apparaissaient sur l'écran. Du moins neuf fois sur dix !

Il retourna chez lui pour prendre Babelutte qui ronflait comme un soudard lorsqu'il était sorti. N'avait pas eu le cœur de le réveiller. Le jeu favori du commissaire était de tourner lentement la clef dans la serrure afin de surprendre son chien vautré sur le divan, le seul endroit de l'appartement qui lui était interdit. Il n'y était jamais arrivé ! Chaque fois, Babelutte sautait prestement en bas et se couchait sur son coussin avec un air des plus angéliques ! Léon n'était pas dupe, car le milieu du divan était toujours chaud. Cette fois encore, il trouva Babelutte roulé en boule sur son coussin, et faisant semblant de dormir, par-dessus le marché ! Mais l'animal fut trahi par son collier qui s'était détaché et traînait sur les lieux du délit, le divan... Léon le ramassa et le mit sous le nez de son chien, qui prit un air parfaitement innocent et étonné.

— C'est quoi, ça, Babelutte ? demanda son maître.

Le toutou resta impassible. Le commissaire avait souvent rencontré des gens comme ça, qui, pris la main dans le sac, continuent à jurer leurs grands dieux qu'ils sont innocents.

— Faux cul, va !

Il laissa un petit mot gentil à sa mère qui dormait toujours tard, attacha le collier à Babelutte et sortit en râlant après son chien. N'aimait pas qu'on se foute de sa gueule. Mais Babelutte eut vite fait de reconquérir le cœur de son maître en se livrant à une action d'éclat : il s'arrêta juste devant le bistrot du gros abruti à la moto jaune de la rue Planquette et déposa une énorme crotte devant sa porte.

— Brave chien, fit Léon en le caressant.

En remontant la rue Lepic pour reprendre sa voiture, il lui acheta un bâton de chocolat. Il l'avait bien mérité !

30

— Vous voilà bien chargée ! dit le boulanger des Petits Mitrons, qui prenait l'air sur le pas de sa porte.

Marie avait les bras remplis de papiers.

— Je vais faire des photocopies pour mes cours, expliqua-t-elle.

Quand elle entra chez Raffalli, elle vit le nain dont lui avait parlé son père, occupé à photocopier des documents. Les autres machines étaient prises elles aussi.

— J'ai terminé, annonça-t-il en lui lançant un regard gourmand.

Marie lui sourit. Pensa que c'était sûrement un sacré dragueur ! Elle le regarda partir avec sa grosse valise à roulettes. Le trouva marrant. Au moment où il allait traverser la rue, il se retourna pour l'observer. Là, elle ressentit un étrange malaise. Ses yeux étaient différents. Ils avaient quelque chose de diabolique…

— Curieux personnage, hein ? fit Raffalli (surnommé « le Capitaine » parce qu'il avait mis plein de photos de voiliers aux murs, histoire de donner au lieu un petit air de vacances). L'autre jour, continua-t-il, il a tenté de me vendre un bateau dans une bouteille ! « Tu colles ton oreille au goulot et t'entends la mer ! » qu'il m'a dit. Tu parles ! J'ai essayé, et j'ai rien entendu. « C'est parce que t'y crois pas », qu'il m'a encore fait ! « Non, que j'lui ai dit, c'est parce que j'ai du sable dans les tympans ! » Ha ! Ha !

Marie aimait bien venir ici. C'était comme une île au soleil en plein milieu de la rue Lepic. Quand elle ouvrit le volet abattant de la photocopieuse, elle constata que le nain avait oublié une carte d'identité très abîmée. Elle fit semblant de rien et la glissa dans sa poche.

Une fois dehors, elle y jeta un coup d'œil. La carte appartenait à une jeune fille qui souriait sur la photo, mais dont le nom était devenu illisible. Elle avait été déchirée et recollée.

31

En traversant la cour du quai des Orfèvres, le commissaire eut droit, comme il le craignait, au clin d'œil complice du concierge qui rentrait les poubelles. Il se contenta de lui lancer un bref bonjour et prit son air pressé.

Au moment où il allait pénétrer dans son bureau, il eut un choc en voyant Nina Tchitchi. Elle avait teint ses cheveux en rouge !

— Ben qu'est-ce qui vous est arrivé ?

— Vous aimez ?

— C'est spécial.

— Marcello m'a dit que ça m'allait à ravir et que ça me donnait l'air d'une Indienne.

— Il n'a pas dû souvent voir des westerns, votre coiffeur.

— Il dit que ce qui compte c'est pas la réalité, mais l'idée qu'on s'en fait. Que c'est ça le propre des artistes.

— Un grand philosophe, ce Marcello ! Tenez, fit le commissaire en lui tendant un papier sur lequel était inscrit le numéro de téléphone de l'homosexuel, donnez ça à Bornéo, qu'il me déniche l'adresse de ce gars.

— Très bien. À propos, le dépeceur a téléphoné. Il faut que vous le rappeliez.

C'est ainsi que Nina surnommait le médecin légiste !

Le commissaire entendit des pleurs dans le bureau de Bornéo.

— C'est quoi, ça ? Il est encore en train de torturer un suspect ?

— Non, c'est son petit dernier. Il est mignon comme tout. Mais qu'est-ce que ça bave un bébé ! Je préfère les chiens.

— Faudra trouver quelqu'un qui vous en fasse un, dit le commissaire avant d'entrer dans son bureau.

Il appela le toubib, qui lui parut tout guilleret au bout du fil.

— Z'avez l'air d'avoir le moral, mon vieux ! fit Léon.

— Je veux, mon neveu ! Dans la salle de dissection, une superbe créature m'attend, étendue sur une civière, complètement à poil, avec des nichons à faire bander un mort. Et je m'apprête à lui fouiller le minou. Le bonheur suprême !

— Là, vous m'écœurez, toubib ! Ça s'appelle de la nécrophilie. Que vous ayez besoin de plaisanter pour supporter votre métier, je comprends, mais de là à satisfaire vos pulsions sexuelles avec des macchabées, je ne vous suis plus du tout.

— Qui vous a dit qu'elle était morte, commissaire ?

— Euh…

— C'est une jeune stagiaire. Faut bien lui apprendre le métier, non ? Et rien de tel que la pratique, mon cher.

— Finalement, c'est pas si ingrat votre boulot !

Bon, à part cette bonne nouvelle, pourquoi vous m'avez appelé ?

— Pour vous communiquer le résultat complet des analyses. La substance trouvée sous les ongles des trois victimes est du blanc de titane. Le titane est un métal brillant et très dur. Il est employé comme pigment et comme revêtement d'électrodes de soudage, constituant de céramiques réfractaires et pour des revêtements de sols.

— Ouais… Bon, je vais plancher là-dessus. Merci, toubib ! Et instruisez bien la stagiaire, on a besoin de bons éléments.

— Comptez sur moi, commissaire.

Léon raccrocha en soupirant. Voilà longtemps qu'il n'était plus allé voir les putes. Ça commençait à lui manquer. Ce soir, il téléphonerait à sa mère pour lui dire qu'il avait une réunion. Il eut une soudaine envie de fumer et sortit son tricot de sa mallette. Fit quelques mailles en réfléchissant au blanc de titane. Soit cette substance provenait d'un revêtement de mur que les victimes avaient dû gratter avec leurs ongles pour sortir, ou alors d'un sol sur lequel le tueur les avait traînées…

Le commissaire sursauta. On venait de frapper à sa porte. Il rangea son tricot en râlant. N'avait même pas eu le temps de terminer sa ligne. Le lieutenant Bornéo apparut avec son bébé dans les bras. Une grosse larme coulait sur la joue du gamin.

— J'ai trouvé l'adresse du gars. Il s'appelle Bobby Rouski, il est né à Alger en 1970 et il habite au 4 de la rue des Envierges. C'est dans le quartier de Pinchon.

— Génial ! On y va !

— Euh… Qu'est-ce que je fais du petit ?

— Putain, mais c'est pas une pouponnière ici !

— Oh, râle pas ! Tu sais que je ne lésine pas sur mes heures. Carmen devait aller chez le gynéco ce matin. Elle en est à son cinquième mois.

Le môme se mit à pleurnicher et Babelutte grogna. N'aimait pas les gniards.

— Qu'est-ce qu'il a ? demanda le commissaire.

— Il a peur des chiens.

— Il n'a rien à craindre. Babelutte adore les gosses. Il ne ferait pas de mal à une puce et s'il grogne, c'est parce qu'il a envie de jouer, hein mon pépère ?

Tu parles ! Si ce morveux m'approche, je le bouffe tout cru !

— Comment il s'appelle, celui-ci ? s'enquit Léon qui s'y perdait dans toute cette marmaille.

— Scout Larue.

— Quoi ? C'est son prénom ?

— Oui. C'est Carmen qui a voulu l'appeler comme ça. À cause de sa passion pour Bruce Willis ! Un de ses mômes porte ce nom-là.

— Misère !

— Mais depuis qu'il s'est séparé de Demi Moore, elle est moins fan.

— Y a de l'espoir… Dis à Pinchon que je l'attends dans mon bureau. J'irai avec lui voir Bobby Rouski.

Le lieutenant disparut avec son moutard qui couinait toujours. Babelutte poussa un soupir de satisfaction. Enfin, la paix ! Quelques minutes plus tard, Pinchon apparut, les traits tirés.

— Z'avez l'air fatigué, constata le commissaire.

— C'est à cause des voisins du dessus. Des Gabonais… Ils ont joué du tam-tam toute la nuit.

— Fallait aller danser avec eux.

— C'est ce qu'on a fait. Suis crevé. C'est dur d'habiter Belleville.

— Pas de chance, c'est là qu'on va ! Vous connaissez la rue des Envierges ?

— Oui, c'est une rue qui surplombe les jardins. Y a encore de très belles petites maisons là-bas.

— Très bien, allons-y !

— Quelle heure est-il, chef ?

— Dix heures trente-cinq.

— C'est curieux. Ma femme devait m'appeler vers dix heures… J'espère que j'ai bien allumé mon portable, s'inquiéta Pinchon en sortant l'engin de sa poche. Et merde !

— Qu'est-ce qui se passe, une catastrophe ?

— Ça, vous pouvez le dire ! Je me suis trompé… J'ai emporté la télécommande de la vidéo à la place ! Elle va croire que je l'ai fait exprès.

— C'est évident que pour capter Canal + avec un portable elle aura du mal ! se moqua le commissaire.

— Dites, chef, j'ai un petit service à vous demander. J'ai raconté à ma femme que ce soir vous m'aviez invité à dîner chez vous pour causer boulot. Elle va sûrement vous appeler pour vérifier. Vous direz que je suis aux toilettes. Prévenez votre mère aussi, parce qu'elle voudra lui parler. Elle n'a pas confiance dans les hommes.

— Elle a raison. Ça ne me regarde pas mais couvrez-vous, mon vieux. Les vierges ne sont plus ce qu'elles étaient !

— C'est pas ce que vous croyez, chef. Je vais chez Nina Tchitchi. Voilà des semaines qu'elle me tanne pour qu'on mange ensemble, sinon elle ne passera plus mes fax.

— Pinchon, dit le commissaire Léon en enfilant sa veste, ce que j'admire chez vous, c'est votre dévouement.

Par contre, c'était râpé pour les putes ce soir !

32

Carine avait donné rendez-vous à Marie aux Fous de l'Île, un resto sympa dans le Marais où elle allait quelquefois.

Marie trouva son amie très belle, très en forme. Elle portait un pantalon moulant avec une blouse en soie turquoise qui s'harmonisait bien avec ses cheveux blond vénitien.

— Alors, ton expo, comment ça se passe ? demanda Marie.

— J'ai vendu une toile ! Tu te rends compte ? Je suis supercontente !

— C'est génial !

— Et toi, ça va ?

— Oui, je peins. Et mon boulot à la librairie m'intéresse. En plus, ça ne me prend pas trop de temps.

— Et avec ton père ?

— Oh, c'est super ! Il est très chouette… Et j'adore ses robes !

— Vu ton côté extravagant, ça ne doit pas te déplaire.

— C'est vrai, ça m'amuse. J'ai toujours été attirée par ce qui n'est pas banal. Et là, je suis servie !

— À propos, tu ne connais pas la meilleure ? Manchette m'a invitée chez lui demain soir ! Tu sais, le prof de dessin qui était au vernissage et dont tu te moques parce qu'il regarde tout le temps ses chaussures quand on lui parle…

— Tu vas y aller ?

— Oui, ça peut être drôle, non ?

— Tu me raconteras ?

— Évidemment ! Si tu veux, on peut dîner toutes les deux dans ton quartier, au Caratello. Après-demain à une heure. C'est dimanche. J'en profiterai pour passer à la galerie avant.

— OK !

Marie plongea sa main dans sa poche et en sortit un petit étui doré.

— Tiens, dit-elle, j'ai pensé que ça te ferait plaisir.

Carine la regarda avec tendresse. Ouvrit le cadeau et en sortit un bracelet en pierres vertes.

— C'est joli ! s'exclama-t-elle. On dirait des gouttes d'eau !

Elle l'attacha tout de suite à son poignet et embrassa son amie.

— Ça va bien avec ma blouse, en plus !

— Il paraît que ce sont des pierres qui portent bonheur, affirma Marie.

— Dans ce cas, je ne le quitterai jamais !

33

La petite maison de Bobby Rouski surplombait les jardins de Belleville. Dans ce quartier de Paris, le commissaire Léon avait l'impression d'être hors du temps. En traversant ces vieilles rues pavées, on s'attendait à tout moment à voir surgir une diligence ou un coutelier poussant sa charrette.

La demeure de Rouski était en partie cachée par un haut mur couvert de lierre qui camouflait une porte en bois. Le commissaire sonna. Attendit un moment. Sonna de nouveau.

— Il n'est peut-être pas là, fit Pinchon.

— Bon, on va en avoir le cœur net, déclara le commissaire en sortant son passe.

La porte ne fut pas difficile à ouvrir. Elle était branlante. Ils pénétrèrent dans une cour intérieure envahie par les mauvaises herbes et des plantes en pot qui, vu leur état, avaient dû pousser au petit bonheur la chance. Par contre, le commissaire ne parvint pas à ouvrir la porte d'entrée de la maison avec son passe. Pinchon et lui, suivis de Babelutte qui semblait traîner la patte, longèrent la façade et finirent par trouver une fenêtre mal fermée à l'arrière, au rez-de-chaussée.

Le commissaire grimpa le premier, Pinchon lui passa le chien et grimpa à son tour. Ils se retrouvèrent dans la cuisine, une pièce sombre et sans âme. Des assiettes sales traînaient dans l'évier en pierre grise et, sur la table en bois, une montagne de mégots débordait d'un cendrier. À côté de l'armoire gisaient des cadavres de bouteilles de vin. Le living était un peu plus accueillant. Un divan fleuri égayait la pièce et des photos garnissaient un meuble breton.

Le commissaire les examina de plus près. Deux photos représentaient des paysages maritimes. Sur la troisième, on voyait un jeune homme, probablement Bobby, qui posait devant un rocher. Léon la glissa dans sa poche. Quelques livres poussiéreux ornaient une étagère. Le commissaire eut l'impression qu'ils servaient surtout de garniture.

— Chef, venez voir ! cria Pinchon en haut de l'escalier.

La chambre du gars n'avait rien de commun avec le rez-de-chaussée ! Un grand lit à baldaquin donnait à cette pièce un parfum de fin de siècle. Au mur, près de la fenêtre, des portraits d'éphèbes et de personnages ambigus, avec voilette et bas résille.

— Curieuses photos ! siffla Pinchon.

— Il ne peut s'agir que de reproductions de Pierre Molinier et du baron von Gloeden. Les originaux sont hors de prix, expliqua le commissaire. Et Rouski ne semble pas baigner dans le luxe. À moins que ce ne soient des cadeaux…

Léon connaissait bien ces photographes, car son ami homosexuel belge collectionnait tout ce qui les concernait.

— Hé, chef, regardez ce que j'ai trouvé dans le

tiroir de sa table de chevet ! fit Pinchon en brandissant une paire de menottes.

— Doit être du genre à se faire attacher aux montants du lit pour se laisser fouetter, dit le commissaire. Le mois dernier, on en a trouvé un comme ça qui croupissait depuis deux jours. C'est sa femme de ménage qui nous a appelés. Le gars s'était fait attacher au radiateur, complètement à poil, espérant le nirvana, et l'autre s'était tiré avec son portefeuille, sa chaîne stéréo et tout le toutim !

Il alla jeter un coup d'œil dans la salle de bains. À part la baignoire sur pieds en émail griffé et les toilettes roses, rien de spécial. Le commissaire remua le panier à linge, fouilla dans les poches d'un jean, n'y trouva qu'un ticket de métro.

— Bon, allons-y, dit-il. Babelutte n'est pas avec vous ?

— Non.

Le commissaire appela son chien.

— Couillon de cabot ! grogna-t-il. Où est-il encore allé traîner ses pattes ?

Il alla voir sous le lit, endroit de prédilection de Babelutte.

— Tiens, tiens…

Le commissaire sortit un carton et l'ouvrit. Il contenait des articles de journaux concernant les meurtres des jeunes filles ! Pourquoi Rouski avait-il gardé ça ? Et surtout, pourquoi les avait-il cachés sous le lit ?

Il emporta sa découverte pour la montrer à Pinchon qu'il trouva à quatre pattes dans la cuisine, occupé à agiter un torchon sous une armoire.

— Qu'est-ce que vous faites là, mon vieux ? Un

p'tit coup de ménage ? C'est gentil, ça ! Va être content, Bobby !

— Non, chef, je cherche votre chien, et comme j'y vois rien…

— Relevez-vous, je le connais, il aurait déjà grogné. C'est qu'il est ailleurs. Dites, vous savez ce que j'ai trouvé dans la chambre de Rouski ? Des articles de presse sur l'affaire des meurtres aux cimetières !

— Y a plein de gens qui collectionnent les faits divers.

— Oui, mais lui il n'a gardé que ceux-là, et en plus, il les a cachés sous son lit ! Bizarre, non ?

— Effectivement…

— Bon, il faut retrouver mon nigaud de chien, car si Rouski rentre, on n'est pas dans le cirage ! Viol de domicile sans mandat, ça va faire mal !

— C'est quand même un peu grâce à votre chien que vous avez mis la main sur les articles !

— C'est vrai, admit le commissaire.

— Zut, dit Pinchon, tout à l'heure, j'avais entrouvert la porte pour aérer un peu parce que ça pue le rance, ici ! Il a dû sortir par là.

— Venez, on va voir s'il n'est pas autour de la baraque, proposa Léon.

— Babelutte ! Babelutte !

— Chef, écoutez ! Il me semble que j'ai entendu gémir…

— Z'êtes sûr ?

— Oui, ça provenait de la cabane à outils, là-bas.

— Quelle andouille, ce cabot ! grommela le commissaire. Pour ce qui est de passer inaperçu, c'est loupé !

Il avait lu dernièrement qu'on est influencé par le

prénom qu'on porte. Il aurait dû appeler son chien Einstein. C'est sa mère qui avait insisté pour Babelutte ! À cause de ses origines belges. Ça lui rappelait son enfance à la mer du Nord, où elle se gavait de babeluttes, une spécialité de l'endroit. Léon en avait goûté une un jour et le caramel était resté collé à ses dents pendant des heures !

— Justement, avait dit Ginette, si on appelle le chien Babelutte, il te collera aux semelles et tu ne le perdras pas.

Tu parles !

La porte de la cabane était ouverte.

— Chef, venez voir ! s'exclama Pinchon.

Babelutte était couché sous un corps pendu à une poutre. Léon éclaira le visage du mort avec la flamme de son briquet. Reconnut le jeune homme de la photo et vit que le malheureux avait un œil rongé par un rat qui avait probablement longé la poutre pour se laisser glisser le long de la corde et atterrir sur le crâne du mort.

S'était payé un festin de luxe ! Et à l'œil, en plus !

Cette fois, Babelutte avait mérité non pas un morceau de chocolat mais la tablette entière.

34

Marie était pile à l'heure quand elle poussa la porte du Caratello, rue Audran. Carine était toujours très ponctuelle. Peut-être l'attendait-elle déjà devant un apéro…

Mais apparemment, Marie était la première. Seelan, le patron, l'installa à la table face à l'entrée. Une petite femme au nœud rouge fit son apparition. Elle était au bras d'un monsieur âgé qui avait les mêmes yeux pétillants qu'elle. Marie reconnut la dame de la galerie où exposait son amie et la salua.

— Je suis une amie de Carine, expliqua-t-elle. J'étais au vernissage…

— Ah, oui ! Il me semble que je vous reconnais. Je vous présente mon papa.

Le monsieur inclina la tête.

— J'attends justement Carine, dit Marie. Elle n'est pas passée à la galerie ce matin ?

— Non, mais vous savez, c'est dur de se lever le dimanche ! Venez prendre le café à notre table lorsque vous aurez dîné, proposa la dame au nœud rouge.

Marie accepta volontiers. Elle les trouvait sympathiques tous les deux.

Seelan les installa près de l'affiche de *La Strada*. Marie parcourut la carte histoire de se distraire, car chaque fois qu'elle venait là elle prenait la même chose : des raviolis Fellini ! Un régal !

Le temps passait, et toujours pas de Carine ! Au bout d'une demi-heure, Marie commença à s'inquiéter. Son amie n'était pas du genre à poser un lapin et elle s'étonnait qu'elle n'ait pas encore appelé le resto ! Elle demanda au patron si elle pouvait donner un coup de fil. Tomba sur le répondeur. À deux heures moins le quart elle commanda les raviolis. L'angoisse l'empêcha de savourer pleinement son repas.

Pourvu qu'il ne lui soit rien arrivé !

Marie paya et alla dire au revoir à la galeriste et à son père avant de partir.

— Ah bon, Carine n'est pas là ? s'étonna la dame au nœud rouge.

— Je suis inquiète, avoua Marie, car elle est toujours à l'heure, et si elle a un problème, elle s'arrange pour prévenir.

— Elle a peut-être oublié ! dit le vieux monsieur. Ça arrive…

— Pas à elle, assura Marie.

Le vieil homme sourit. Il pensait que les jeunes sont bien naïfs de croire qu'ils sont à l'abri des problèmes que l'on rencontre avec l'âge.

35

Confortablement installé à son bureau, le commissaire avait repris son tricot. Il espérait que cette fois personne ne viendrait le déranger.

Couché à ses pieds, Babelutte n'en revenait pas encore d'avoir reçu du chocolat pour avoir fait une connerie. Décidément, c'était le monde à l'envers ! Son maître était-il devenu gaga ? Un chat venu de nulle part lui avait couru après, et Babelutte avait foncé dans le jardin la tête la première dans une porte pourrie. Il s'était retrouvé à moitié groggy sous un truc qui pendouillait. D'habitude, quand il fichait le camp ainsi, il recevait une raclée ! Il était très perturbé. N'avait plus de repères !

Devant lui, Léon avait étalé les articles de journaux trouvés chez Bobby Rouski, ainsi que la photo du jeune homme. Avait-il eu des remords et s'était-il pendu après avoir assassiné les trois jeunes filles ?

Toc ! Toc !

— J'avais demandé qu'on me laisse tranquille ! grogna le commissaire Léon en rangeant son tricot. Je réfléchis !

— C'est le rapport du lieutenant Bornéo à propos de Bobby Roustons, fit la voix aiguë de Nina Tchitchi.

— Rouski ! Entrez, cria le commissaire.

Nina pénétra dans le bureau en tortillant du croupion. Elle portait une minijupe moulante en lamé qui faisait ressortir ses fesses rondes et un pull chaussette qui allait bientôt craquer sous le volume de ses seins !

— Dites, on n'est pas au Moulin-Rouge, ici, fit le commissaire qui commençait à avoir une érection.

— Vous préféreriez que je m'habille comme Mme Chapeau ?

Mme Chapeau – surnommée ainsi parce qu'elle portait toujours un bibi vert chasseur avec une plume de faisan plantée sur le côté – était une habituée de la PJ. Au moins une fois par mois, elle venait déposer plainte contre son voisin du dessus, un vieux monsieur qui jouait aux boules sur son plancher avec ses copains.

— Ne passez pas d'un extrême à l'autre, ma chère. Seulement ne vous étonnez pas si un jour vous vous faites violer au coin d'une rue !

— Mais, commissaire, je n'attends que ça ! déclara-t-elle en déposant le dossier sur son bureau.

Même si c'était pour une bonne action, elle ne devait pas compter sur lui ! Léon avait pour principe de ne jamais mélanger le cul et le boulot. C'était une source d'emmerdes.

— Pinchon n'est pas encore arrivé ? demanda-t-il.

— Qui ça ?

— Pin-chon ! articula le commissaire. Vous devriez cesser de porter des boucles d'oreilles aussi extravagantes, ça rend sourde ! D'ailleurs, c'est quoi ces trucs rouges qui pendouillent jusque dans votre cou ?

— Des capotes à la framboise. On ne sait jamais… En cas d'urgence !

— C'est ça. Vaut mieux être prévoyante. Envoyez-moi Pinchon quand il arrive.

Nina s'en alla en claquant la porte. Qu'est-ce qu'il avait dit ? Elle semblait fâchée ! Bah, pensa Léon, avec les gonzesses, faut pas chercher à comprendre.

Il reprit son tricot qu'il avait caché sous la table, comme d'habitude, et il termina son rang avant de se plonger dans le dossier Rouski. Le jeune homme, fils d'un émigré russe, avait vécu plusieurs années à Alger avant de venir à Paris, où il posait pour des élèves de l'Académie des beaux-arts. En dehors de ça, il travaillait dans un resto du Marais, Les Fous de l'Île.

D'après les premières estimations du médecin légiste, sa mort remontait à quelques heures seulement. Le rat devait être affamé pour s'être précipité sur ce festin tombé du ciel !

Au moment où le commissaire s'apprêtait à relire les articles trouvés sous le lit de Rouski, on frappa à la porte.

— 'Trez !

Pinchon – ou plutôt son fantôme – apparut.

— Ben qu'est-ce qui vous est arrivé, mon vieux ? On dirait que vous venez d'avaler votre dentier !

— M'en parlez pas, chef.

Le commissaire se rappela soudain que son collègue lui avait dit qu'il était invité chez Nina Tchitchi la veille au soir. Et il lui avait demandé de raconter à sa femme qu'il était chez lui pour causer boulot ! Mais avec la découverte du pendu, ça lui était complètement sorti de la tête. Il était resté jusqu'à l'arrivée des flics et avait bavardé longuement avec le médecin légiste. Pinchon, lui, était parti plus tôt.

— Merde ! Désolé, mon vieux ! J'ai oublié d'avertir ma mère au cas où votre femme lui téléphonerait…

— C'est rien, chef. Votre maman est une personne intelligente. Elle s'est bien doutée de quelque chose et elle a dit à ma femme que nous étions en réunion de travail dans votre bureau avec ordre de ne pas nous déranger.

— Je reconnais bien là ma mère ! Elle a toujours été très forte pour raconter des bobards. Mais alors, qu'est-ce qui s'est passé ?

— Il… il s'est passé que Mlle Tchitchi a voulu me violer, chef. Elle m'a fait boire, puis elle a ôté mon pantalon et elle m'a sauté dessus !

— Bah, c'est pour ça que vous faites cette tête ? Y en a qui auraient bien aimé être à votre place, Pinchon.

— Oui, ben pas moi ! Cette folle a des nichons comme des bulldozers, et en plus, elle mord ! Une vraie sauvage ! J'ai dit à ma femme que c'était votre chien, chef.

Roulé en boule sur son coussin, Babelutte entendait vaguement qu'on parlait de lui. Il dressa une oreille, histoire d'avoir l'air vif et éveillé. Puis il refit semblant de dormir pour mieux réfléchir à ce qu'il pourrait inventer comme connerie pour avoir encore un bout de chocolat.

36

Marie avait rappelé Carine en sortant du resto. Elle n'était toujours pas chez elle. Le lendemain, elle fut encore plus inquiète quand elle ne la vit pas à l'école ! Elle fonça chez Manchette, le prof de dessin, et lui demanda si Carine était allée chez lui l'avant-veille au soir.

— Mais ça ne vous regarde pas, fit-il, le nez pointé vers ses chaussures.

— Si, ça me regarde ! Il se fait que Carine est mon amie, que j'avais rendez-vous avec elle hier midi et qu'elle n'est pas venue. Depuis, plus de nouvelles.

— Elle a dû avoir un empêchement.

— Non, elle m'aurait prévenue.

— Écoutez, mademoiselle, je ne suis pas une agence de renseignements et j'ai encore droit à ma vie privée. Si ça vous pose un problème, allez la voir chez elle. Elle est peut-être malade…

— Si c'était le cas, elle m'aurait appelée.

— Elle n'a probablement pas envie de vous parler !

— C'est ça ! Merci quand même ! râla Marie.

Elle n'aimait pas ce type. C'était sans doute un

bon prof, mais il avait une tronche de premier de la classe. Elle trouverait bien un moyen de savoir… Suffisait de le suivre après les cours pour voir où il habitait et de demander aux voisins s'ils avaient vu une jeune fille entrer chez lui l'avant-veille au soir. Les vieilles cachées derrière les rideaux, ça existe encore !

À quatre heures, Marie se précipita à la sortie pour ne pas louper sa proie. Heureusement, il prenait le métro, sinon il aurait fallu demander à un copain qui avait une bagnole de le suivre. Et elle ne voulait mêler personne à cette histoire.

Marie se fondit dans la foule qui s'enfonçait dans le métro et monta dans le wagon situé juste derrière celui du prof. Il descendit à Odéon – elle aussi –, remonta la rue Saint-Sulpice et pénétra dans un vieil immeuble avec une arrière-cour ornée d'une petite fontaine. Il grimpa l'escalier. Elle attendit quelques minutes avant de le suivre.

— Hé, là ! Où vous allez ?

Elle sursauta. Une vilaine femme blonde décolorée avec des narines à cuire un œuf dedans la toisait méchamment, accrochée à son balai de sorcière.

— Euh… Chez M. Manchette.

— Ça va, dit-elle.

— Dites-moi, vous ne savez pas si avant-hier soir il a eu la visite d'une de mes amies, une jolie fille avec des cheveux blond vénitien…

Elle sortit une photo de son sac à dos, la seule qu'elle possédait de Carine, prise lors d'une soirée chez des copains.

— Je suis pas là pour répondre à des indiscrétions sur les gens de l'immeuble, déclara la concierge.

Marie fouilla dans ses poches et lui tendit un billet.

— Si, elle est venue.

— Je vous remercie. Excusez-moi, mais j'ai oublié à quel étage habite M. Manchette.

— Au deuxième.

Marie grimpa l'escalier et, arrivée devant la porte du prof, elle frappa.

Elle entendit des pas, devina qu'il l'observait par l'œilleton et qu'il devait se demander s'il allait lui ouvrir ou pas.

— Si vous n'ouvrez pas, décréta Marie, je reviens avec les flics ! Je sais que Carine est venue chez vous, c'est la concierge qui me l'a dit.

Un grincement. La porte s'ouvrit.

— Je n'ai jamais dit qu'elle n'était pas venue, expliqua le prof, mais elle n'est restée qu'une demi-heure, puis elle est partie en prétextant un rendez-vous je ne sais plus où !

— Vous avez intérêt à vous rappeler !

— Ah, vous m'énervez à la fin ! Je n'ai rien à voir avec cette histoire, moi !

— Si, car vous êtes le dernier à l'avoir vue.

Elle allait ajouter *vivante*, mais elle se tut.

— Il me semble qu'elle m'a parlé d'un loup dans un faubourg… Un truc comme ça, complètement farfelu. Elle n'est pas un peu affabulatrice, votre amie ?

— C'est pas parce qu'elle n'a pas voulu coucher avec vous qu'il faut dire du mal d'elle, conclut Marie.

Et elle le planta là !

Avant de quitter l'immeuble, elle alla revoir la concierge pour vérifier les dires de Manchette et s'assurer que Carine était partie tôt. Avec un autre petit billet, la concierge confirma avoir vu partir la jeune fille, mais elle ne se souvenait pas de l'heure exacte, parce qu'elle ne s'occupait pas de la vie privée des autres, comprenez ?

37

Le commissaire éplucha à nouveau le dossier de Rouski et n'y trouva pas ce qu'il cherchait. Il appela Bornéo. Entendit des pleurs à l'autre bout du fil.

— C'est le petit dernier qui pleurniche comme ça ?

— Non, c'est Nina. Elle a perdu une boucle d'oreille !

— Tu es en plein drame, mon pauvre vieux ! se moqua Léon.

— Tais-toi, murmura-t-il, ça fait un quart d'heure qu'elle est à quatre pattes sous mon bureau…

— Petit veinard, va ! Dis donc, sans vouloir te déranger, est-ce que tu pourrais vérifier si Rouski n'a pas été en contact avec les victimes du cimetière ? Va voir du côté des Fous de l'Île, moi je vais faire un tour à l'Académie des beaux-arts. Est-ce qu'il a encore des parents ?

— Pas que je sache. Le labo n'a pas donné ses résultats ?

— Non. Ils doivent êtres débordés, comme d'habitude. À propos, dit le commissaire avant de raccrocher, attention de ne pas te faire mordre !

C'est vrai, ça ! On n'allait pas encore accuser Babelutte !

Le commissaire Léon enfila sa veste et quitta son bureau, suivi de son chien.

Il traversa la cour de la PJ et eut encore droit au clin d'œil du concierge. Il fit semblant de n'avoir rien remarqué. En grimpant dans la voiture de police, il eut la surprise de voir un petit sapin vert accroché au rétroviseur ! Dessus, il était écrit « Senteur des pinèdes ». Sa mère avait pendu le même dans les waters !

38

Marie avait emprunté la mobylette de son père pour aller chez Carine. Elle sonna à sa porte. Personne. Elle insista, en vain ! Puis elle sonna chez le concierge. Le gros bonhomme vint lui ouvrir. Une insoutenable odeur de pourri émanait de son antre. Il avait un T-shirt plein de taches de graisse, un ventre rempli de bourrelets et d'épais sourcils en broussaille. Marie l'avait déjà croisé quelques fois. Il parut la reconnaître.

— Bonjour, je suis inquiète parce que je n'ai plus vu Carine depuis un moment et…

— Vous direz à votre copine que quand elle s'en va pour plusieurs jours elle ferait bien de prévenir. J'suis pas sa boîte aux lettres, moi ! dit-il en postillonnant d'épaisses gouttelettes jaunes.

Marie recula. Ce type la dégoûtait ! Devait être du genre à se tripoter tout seul le soir en matant des pornos à la télé.

— Vous êtes certain qu'elle n'est pas chez elle ? Elle a pu s'évanouir ou se cogner…

— J'l'ai pas vue rentrer.

— Peut-être que vous dormiez…

— J'suis insomniaque.

— Tenez, voilà mon numéro de téléphone, dit-elle en lui tendant une carte de visite. Si vous avez des nouvelles, appelez-moi !

— Hé, il est pas marqué France Télécom sur mon front !

Non, il est marqué gros con, pensa Marie.

— Quand l'avez-vous vue pour la dernière fois ?

— Hé, t'es Julie Lescaut, toi ?

— C'est important, je vous en prie.

— J'l'ai plus revue depuis samedi soir. J'ai rien d'autre à dire, fit-il en lui claquant la porte au nez.

Marie était désemparée. Fallait-il avertir la police ? Après tout, son amie n'avait disparu que depuis deux jours ! Les flics lui répondraient que Carine était une grande fille qui avait le droit de découcher sans en avertir qui que ce soit ! Pourtant, Marie avait une sale intuition… Comme un goût amer au fond de la gorge.

Elle remonta sur sa mobylette et s'éloigna tout en réfléchissant à ce que lui avait raconté Manchette. « Elle m'a dit qu'elle avait un rendez-vous avec un loup dans un faubourg. »

Mais que j'suis bête !

Carine lui avait une fois parlé d'un endroit où elle était allée écouter une femme qui chantait Fréhel. Et elle se souvenait du nom : Le Loup du Faubourg. C'était près de la Bastille.

Marie mit les gaz et fonça.

39

Le commissaire Léon revenait de l'Académie des beaux-arts où avait posé Bobby Rouski. Il était content. La pêche avait été bonne. Pas du côté du pendu, mais des victimes…

Rouski passait pour un garçon gentil, plutôt secret et peu bavard. On ne lui connaissait pas d'amis à l'académie. Sa vie privée il la vivait en dehors. Poser nu n'avait jamais eu l'air de lui causer de problèmes et il était clair qu'il faisait surtout ça pour le pognon. Mais aussi pour le plaisir d'exhiber son corps.

Quand le commissaire avait montré les portraits-robots reconstitués sur ordinateur à partir de deux des victimes les moins abîmées, le directeur avait reconnu l'une de ses élèves.

— Pourquoi n'avez-vous pas signalé sa disparition ? lui avait demandé Léon.

— Parce qu'elle était inscrite comme élève libre. Vous savez, ici, certains vont et viennent. Ce sont des adultes ! Ils assistent aux cours parfois pendant un mois, puis s'en vont parce que ça ne leur plaît pas, ou parce que c'est trop dur. S'il fallait chaque fois signaler leur disparition, on ne ferait plus que ça !

Le directeur avait retrouvé la fiche d'inscription de la fille dans ses archives. Elle s'appelait Lola Barnes et était d'origine anglaise. C'était celle dont le corps avait été découvert au cimetière Saint-Vincent, précisément par le gars à qui Rouski avait donné rendez-vous. D'après le directeur, elle n'avait pas de famille. Le commissaire avait également interrogé son prof de peinture, qui se souvenait surtout de son talent et avait cru qu'elle était partie parce qu'elle s'était vite rendu compte qu'elle n'avait rien à apprendre ici.

En parlant avec lui, le commissaire avait aussi appris qu'on employait souvent du blanc de titane pour couvrir la toile avant de peindre, afin de rendre les couleurs plus lumineuses. Léon avait trouvé le lien entre les victimes : la peinture. Ce qui expliquait que leurs corps aient été enterrés à proximité de tombes de peintres célèbres. Restait à élucider pourquoi le meurtrier avait gravé le signe AGLA à côté des cadavres.

Rouski avait probablement posé ailleurs et rencontré ces jeunes femmes dans des écoles de peinture. Et il y avait de fortes chances qu'il les ait tuées par sentiment de frustration vis-à-vis d'elles ou parce qu'il assumait mal son homosexualité.

Bornéo, lui, n'avait rien trouvé de particulier. Rouski était bien vu par le patron des Fous de l'Île. Il faisait du bon boulot, était aimable avec les clients. Son absence n'avait inquiété personne, vu qu'il était en congé depuis une semaine !

Cette fois, le commissaire Léon s'assit à son bureau, satisfait. Il prit son tricot, pas pour mieux réfléchir, mais pour se détendre. Comme une récompense.

40

Marie gara sa mobylette devant le Loup du Faubourg, rue de la Roquette. L'endroit était accueillant. Une petite scène au fond lui donnait un air de fête. Marie aimait bien les cafés-théâtres, c'est souvent là qu'il se passait vraiment des choses intéressantes.

Elle commanda un jus d'orange et montra la photo de Carine à la serveuse, lui demandant si elle ne l'avait pas vue le samedi soir précédent.

— Ça ne me dit rien, fit-elle. Le soir, il y a toujours du monde et je ne fais pas vraiment attention aux gens. Il faut que le service suive…

— Je comprends, dit Marie, déçue.

— Mais allez demander à Marie-Pierre. C'est elle qui gère le lieu avec son amie. Elle se souviendra peut-être de quelque chose. Tous les soirs, elle est à l'entrée pour accueillir les clients. Tenez, elle est là-bas, au fond.

Marie se dirigea vers la patronne qui lisait un texte, assise à une table. Elle lui présenta la photo, assortie des mêmes explications.

— Oui, oui, dit-elle avec un grand sourire, je la reconnais ! Cette petite est déjà venue ici quelques fois.

— Est-ce qu'elle était seule la dernière fois ?

— Non, il y avait un monsieur qui l'attendait. Ils ne sont d'ailleurs pas restés pour le spectacle.

— Comment était-il ? Vous vous en souvenez ?

— Oui, parce qu'il vient déjeuner à côté tous les midi. Il doit avoir la cinquantaine et porte souvent des costumes clairs. Il a l'air d'un artiste.

Marie regarda sa montre. Il était midi moins le quart.

— Ça vous ennuierait de sortir avec moi vers midi et de me le désigner discrètement si vous le voyez au resto ?

— Pas du tout !

Marie retourna boire son jus d'orange au comptoir et feuilleta le programme. Elle se promit de venir un de ces soirs. Comme si elle devinait ses pensées, la patronne l'invita à écouter Jehan, un Brel toulousain bourré de talent, qui chantait des chansons de Bernard Dimey.

— Vous savez, expliqua-t-elle, c'est ce poète montmartrois qui a écrit des tas de chansons très connues comme *Syracuse, Mon truc en plumes*...

Marie connaissait.

À midi, elles quittèrent le Loup pour aller jeter un coup d'œil à côté.

— Il est là, dit Marie-Pierre. C'est l'homme dans le coin, avec des cheveux gris et un costume beige.

Marie reconnut le type qu'elle avait remarqué à la galerie, lors du vernissage de Carine. Le seul qui paraissait plus attentif aux toiles exposées qu'aux invités qui péroraient dans la salle.

Elle remercia la dame du Loup, laissa sa mobylette au même endroit et alla s'asseoir à la terrasse du bistrot d'en face, où elle sirota un autre jus d'orange en attendant que le type quitte le resto. Moins d'une heure plus tard, il sortit et glissa quelques pièces dans un parcmètre à côté d'une grosse voiture noire. Marie le suivit discrètement jusque dans la rue de Lappe. Il entra dans une galerie d'art et réapparut peu après avec un tableau sous le bras. Revenu rue de la Roquette, il ouvrit la portière de la grosse voiture noire, posa le tableau à l'arrière et démarra.

Marie grimpa sur sa mobylette et le fila. Elle le perdit dans le trafic, mais elle avait eu le réflexe de mémoriser le numéro de sa plaque minéralogique.

41

Nina Tchitchi avait mis sa robe rouge « pomme d'amour ». Le tissu lamé donnait envie de mordre dans ses fesses caramélisées. Babelutte la regardait comme un gros bonbon. Il se mit à saliver.

— Qu'est-ce qu'il a votre cabot à me suivre ainsi ? demanda-t-elle au commissaire qui était venu passer sa plante verte sous le robinet, dans le couloir.

— Sais pas. J'ai toujours cru qu'il était pédé. J'espère qu'il ne va pas mal tourner !

Nina haussa les épaules et alla se servir un café.

— Vous en voulez un, commissaire ?

— Non merci. Je préfère un whisky.

— À cette heure-ci ?

— Y a pas d'heure pour se faire plaisir. À ce propos, fit-il avec un petit sourire malicieux, vous avez retrouvé votre boucle d'oreille ?

— Euh… Oh, oui, oui. C'était une qui faisait ventilateur en même temps, et quand je l'ai mise en route, elle s'est carrément envolée !

— Jusque dans le bureau de Bornéo ?

— Oui. Il avait laissé sa porte ouverte.

Si tu crois pas celle-là, mon vieux Léon, elle t'en fera avaler une autre...

— C'est puissant, ces petites choses, dit-il en ayant des pensées grivoises, l'imaginant à quatre pattes entre les jambes de son collègue.

— Pourtant, j'ai pas tiré dessus !

Il faillit éclater de rire. Mais la sonnerie du téléphone dans son bureau le sauva.

C'était le médecin de l'Institut médico-légal. Encore une joyeuse conversation en perspective !

— Ça va, commissaire ? La forme ?

— Eh oui ! Pas de chance pour vous. Je ne suis pas encore prêt à venir m'étendre dans votre salon des Mille et Une Nuits !

— Dommage, vous n'imaginez pas le bonheur qu'éprouvent mes visiteurs à se laisser tripoter par mes petites mains habiles. Parfois, il me semble même en voir sourire certains.

— Prenez garde que l'un d'entre eux ne vous saute au cou pour vous embrasser.

— Ouais... À propos de cou, j'ai relevé des traces d'ecchymoses dans celui de votre Boby Lapointe. Aussi des fractures de l'hyoïde et du thyroïde. Il s'agit ici d'une strangulation par ligature, car l'orientation des lésions cutanées situées plus bas est horizontale. En revanche, j'ai décelé des signes anormaux qui m'ont fait pousser les analyses plus loin et ont confirmé mes doutes. Votre gars n'est pas mort étranglé.

— Quoi ? Qu'est-ce que c'est que cette histoire ?

— Il est mort empoisonné. J'ai fait faire une analyse toxicologique qui a permis de confirmer la présence de cyanure dans le sang.

— Comme dans les cadavres de deux des jeunes filles ! s'exclama le commissaire.

— C'est peut-être une pure coïncidence.

— Est-ce que le fait de s'injecter du cyanure donne encore le temps de se pendre après ? demanda Léon.

— Oui, si la dose ne dépasse pas un demi-milligramme. Et dans son cas, c'est limite ! Par contre, la dose trouvée dans le sang des victimes est nettement supérieure ! Avec ça dans le corps, c'est le coma et la mort rapide ! Elles n'ont pas eu le temps d'aller cueillir des champignons.

— Ça veut dire que quelqu'un a pu lui injecter cette substance et le pendre ensuite, conclut le commissaire.

— Exact. D'autant qu'on n'a pas trouvé de traces de fibres sur les mains du pendu.

— Tout cela ne prouve pas pour autant qu'il ne soit pas l'assassin des jeunes filles, car il peut s'agir d'un acte de vengeance. On a pu lui injecter une dose de cyanure comme aux victimes pour qu'il ressente les souffrances qu'il leur avait infligées, et le pendre ensuite pour faire croire à un suicide.

— À part vous, vos collègues et moi, commissaire, qui était au courant que ces filles avaient été empoisonnées au cyanure ?

— Personne. Mais vous savez, les informations circulent vite. Et les journalistes sont à l'affût ! L'un d'eux a pu en faire mention dans un article.

— Bon, faut que je vous laisse. Y a de la marchandise qui vient d'arriver. Au plaisir, cher ami.

Pour ça, oui, c'était un vrai plaisir ! Qu'est-ce qu'on se marre dans la police !

Nina frappa à la porte et n'attendit pas la réponse du

commissaire pour l'ouvrir. Heureusement qu'il avait rangé son tricot...

— C'est le voisin qui habite au-dessus de chez Mme Chapeau, commissaire. Vous savez, rue Blondel. Il veut absolument vous voir et...

— Faites-le entrer.

— Il est dans un état ! dit-elle en se mordant la lèvre.

Un petit bonhomme rondouillard apparut. Il avait le visage tout rouge et un œil caché par un pansement.

— 'Seyez-vous, proposa le commissaire Léon.

— Je viens déposer plainte pour coups et blessures, avec demande d'internement de l'agresseur avant qu'il y ait un meurtre, déclara tout de go le plaignant.

— Mme Cha... euh, Ballu n'irait quand même pas jusqu'à vous tuer !

— Elle, peut-être pas, mais moi, si ! Ça fait trois ans que j'ai emménagé dans cet immeuble et trois ans qu'elle m'emmerde à venir tambouriner à ma porte ou à se plaindre chez vous chaque fois que je fais un pet de travers ! Z'avez vu ce qu'elle m'a fait, cette folle ?

Il souleva le pansement recouvrant son œil qui avait doublé de volume. Un gros œuf de pigeon !

— M'a tapé une boule de pétanque dans la gueule ! Vous vous rendez compte ? J'aurais pu être borgne ! Et comment j'aurais fait après pour pointer, moi ?

— Vous êtes au chômage ?

— Non, je suis à la retraite. Je parlais de pointer aux boules, commissaire. N'êtes pas amateur ?

— Si, quand je vais passer mes vacances en Provence, ça m'arrive de jouer. Mais c'est plutôt pour l'ambiance et le pastis ! Quand même, vous devriez peut-être faire moins de bruit. Je suppose que vous ne jouez pas avec des boules en plastique !

— Non, elles sont en laiton.

— Raison de plus ! Vous imaginez le potin que ça doit faire quand ça roule sur le plancher ?

— C'est ma seule distraction, commissaire. Tout le monde n'a pas envie de s'abrutir devant les programmes débiles de la télé comme cette dingue ! Moi, je viens pas emmerder les flics chaque fois qu'elle ouvre sa télé à fond la caisse et que j'ai les tympans pollués par des feuilletons pour malades mentaux !

— Vous devriez mettre de la moquette.

— Z'avez déjà joué aux boules sur de la moquette, vous ? Je vous aurai prévenu… Si vous ne faites pas enfermer cette zinzin chez les mabouls, je vous l'apporte en kit la prochaine fois.

— Mon collègue va taper votre déposition.

Il appela Nina et lui demanda de conduire le plaignant chez Pinchon.

— Il n'est pas là, commissaire. Il est parti rechercher son portable… Paraît qu'il l'a oublié dans un pot de fleurs sur son balcon. Y pense peut-être que ça s'arrose ?

— Emmenez monsieur chez le stagiaire, ça lui fera les crocs.

Le gros bonhomme le salua et sortit. Léon ne put s'empêcher de penser qu'il ressemblait à un cochonnet.

42

Ce jour-là, les cours de Marie se terminaient à midi. Irma en avait profité pour inviter sa fille à déjeuner au Colibri et la présenter à ses potes.

— Ça te changera les idées, avait-elle dit.

Elle voyait bien que la jeune fille était tracassée par quelque chose. Marie avait fini par lui avouer qu'elle s'inquiétait pour son amie.

— Je ne voulais pas t'embêter avec ça, d'autant que je me fais sûrement du souci pour rien. Mais ce n'est pas dans les habitudes de Carine de poser un lapin ! Je suis allée voir chez elle et chez Manchette, le prof avec qui elle avait rendez-vous la veille de notre déjeuner à la Rughetta. Il m'a certifié qu'elle était restée peu de temps avec lui et qu'elle était partie une demi-heure après… Mais c'est pas tout ! Le mec qu'on a retrouvé pendu, tu sais, celui qui avait sa photo dans le journal, eh bien il était serveur aux Fous de l'Île, un resto où je suis allée avec Carine, dans le Marais.

— Bah, c'est le hasard ! Ne te mets pas martel en tête.

Marie hésita à lui parler du Loup du Faubourg. Le

type avec qui Carine avait rendez-vous n'avait peut-être rien à voir avec sa disparition. Fallait qu'elle vérifie d'abord.

— Tu paniques trop vite ! Ta copine en a probablement eu marre de Paris et elle s'est barrée au soleil. Je faisais souvent des trucs comme ça quand j'étais jeune.

— Tu as sans doute raison, papa. J'ai dû me faire un cinéma à cause de toutes ces filles qu'on a retrouvées assassinées dans les cimetières. J'te quitte, fit Marie en embrassant son père, sinon je vais arriver en retard aux cours.

Tout en terminant sa tasse de café, Irma la regarda s'éloigner dans la rue. Elle regrettait de ne pas l'avoir connue petite fille, avec son cartable trop grand pour elle. Ses premiers jours à l'école, ses rires d'enfant… Toutes ces images tant de fois inventées et rangées dans sa mémoire fermée à double tour pour ne pas pleurer.

À onze heures trente, chaussée de ses pantoufles de combat, Irma était allée en éclaireuse prendre l'apéro au Colibri et surtout prévenir toute la smala de l'arrivée de sa progéniture. Bibiche astiquait le comptoir pendant que Jeannot s'affairait en cuisine.

— Bonjour, ma puce, lança joyeusement Irma à l'égard de la patronne.

— Mgrmm…

— Ben alors, t'as avalé ton string ?

— L'embête pas, fit Rose, perchée sur son tabouret. Elle râle parce que le cuisinier devait venir à dix heures ce matin et qu'il n'est pas encore là, cet abruti.

— On a des réservations pour ce midi, expliqua

Bibiche. Un car de Belges. Et en général, ils sont pile poil à l'heure ces gens-là. La dernière fois, ils sont arrivés à onze heures pour l'apéro et ils sont repartis à quatre heures pour pas rater le car.

— Mais alors, ils n'ont rien vu de Paris ! s'exclama Irma.

— Si, ils m'ont demandé où était le Moulin-Rouge, pour pas mourir idiots…

— Quand t'as vu le Colibri, t'as tout vu ! Dis donc, ma vieille, tu t'es mise sur ton trente et un, je vois ! fit Rose en fixant le chouchou que le travelo ménagère avait mis dans ses cheveux pour retenir ses trois mèches.

— C'est parce que j'ai invité ma fille à dîner ici pour vous la présenter, dit-elle fièrement.

— C'est bien, mais t'aurais pu prendre le temps de te raser !

— Hé ! la Pompadour, est-ce que je m'occupe de tes poils de cul, moi ? répliqua Irma.

L'arrivée du commissaire Léon mit fin à leur conversation mondaine.

— Bonjour, ça va ? demanda-t-il.

— Non, ça ne va pas ! lâcha Irma. Le cuisinier a été kidnappé.

— Depuis le temps qu'il attend ça, railla Rose.

— Où est Jeannot ? s'enquit Léon.

— Dans la cuisine. Faudrait qu'il se repose, mais il a jamais l'occasion, le pauvre ! Y a toujours quelque chose.

Léon aimait bien la femme de Jeannot. Sous son air parfois grognon, elle cachait un bon cœur.

— Vous dînez ici, m'sieur Léon ?

— Oui. Je prendrai le plat du jour.

Il commanda un porto et paya un verre à Rose et à Irma.

— À propos, demanda Rose, où est passé le petit mignon qui est venu une fois avec vous ?

Pinchon l'avait raccompagné un soir et, pour le remercier, Léon lui avait offert l'apéro.

— Il a beaucoup de boulot. Il s'initie à l'électronique…

— Je veux bien son adresse à çui-là ! Ça fait longtemps que j'ai plus vu une paire de couilles !

— Hé, si t'as envie, j'peux te montrer les miennes ! cria une voix au fond du bistrot.

C'était le boxeur, un ex-champion devenu poivrot, qui passait là de temps en temps.

— J'ai parlé de couilles, pas de reliques ! précisa Rose.

Le commissaire sourit. Dans ses vêtements chics, avec sa permanente à la Marie-Sophie de Bourbon-Sicile et ses ongles manucurés, elle avait l'air d'une femme du monde. D'ailleurs, quand on la croisait en-dehors du bistrot – ce qui était assez rare –, elle avait un langage plutôt châtié. Mais ici elle se relâchait. Un vrai bonheur.

— Ah ! T'es là, toi ! Où t'étais passé ? s'écria Bibiche en voyant se pointer le cuisinier. On va leur servir quoi à nos touristes belges ? Des zamburgères ? J'espère que t'as une bonne excuse !

— T'as un mot de ta mère, au moins ? demanda Irma que cette scène semblait beaucoup amuser.

— C'est à cause d'un con de flic qui…

Il réalisa soudain que le commissaire était là !

— Oh, pardon, m'sieur Léon…

— Y a pas de mal, Maurice, il y a des cons partout. Même dans la police !

— La fois dernière, voilà-t'y pas que j'me fais arrêter parce que j'avais agité la sonnette de mon vélo près d'un hôpital pour pas écraser un vieux pépé. Donc, qu'est-ce que je fais ? Ben j'enlève ma sonnette, comme ça plus de tentations ni de problèmes avec les poulets, que j'me dis. Qu'est-ce que vous auriez fait à ma place, m'sieur Léon ?

— Je ne sais pas. Je ne roule pas en vélo.

— Ah… Bref, ce matin, je pédalais joyeusement, tout content de venir à mon travail, quand soudain, trîîît ! Un flic, qui m'avait repéré à un feu rouge, siffle comme un malade au moment où je prends mon élan ! Ce con, il m'a flanqué un procès parce que je n'avais pas de sonnette !

— La sonnette est obligatoire, expliqua le commissaire.

— Si j'peux pas m'en servir, à quoi ça sert ?

— Les règlements, c'est comme le sexe, conclut Rose. Si tu cherches à comprendre, t'attrapes des hémorroïdes au cerveau.

— Chut ! Voilà Marie ! clama Irma. Tâche d'avoir un langage châtié !

— Non mais je rêve ! Tu t'es déjà entendue, toi, quand tu causes ? On dirait une benne à ordures…

— Commissaire, je vous présente ma fille, dit la diva des ménages.

Marie salua tout le monde et embrassa son père.

Irma vida son verre et proposa au commissaire Léon de venir s'asseoir à leur table pour déjeuner. Il accepta volontiers, trouvant la petite plutôt mignonne. Se demandait – à part le chouchou dans les cheveux –

ce qu'elle pouvait bien avoir de commun avec son père.

Jeannot apporta une bavette aux échalotes avec des pommes de terre sautées. Il avait la tignasse en bataille et l'air d'avoir dormi au bord d'une autoroute.

— Alors, m'sieur Léon, vous avez arrêté l'assassin ?

— Je pense bien…

— Vous pensez ou vous êtes sûr ?

— Disons que je suis presque sûr.

— Espérons, dit Jeannot, parce que si j'avais une môme, je ne serais pas tranquille.

Il réalisa soudain que Marie devait être la fille d'Irma. Il ne l'avait encore jamais vue, mais ces choses-là, ça se sent. D'ailleurs, quand elle regardait sa gamine, Irma avait du soleil dans les yeux. Et pas un p'tit soleil du Nord, non, mais un grand tout doré et tout chaud.

— Jeannot, je te présente Marie.

— Je peux lui faire la bise ?

— T'en rates pas une, toi ! plaisanta Irma.

— Allez, bon appétit !

Il les laissa bavarder et retourna à la cuisine donner un coup de main à Maurice. Les Belges venaient d'arriver. Ils avaient déjà le nez rouge…

Léon aimait bien les Belges. Il trouvait qu'en général c'étaient des bons vivants. Après tout, il avait aussi du sang de Gaulois dans les veines !

À la fin du repas, Irma s'en alla aux toilettes.

— Hé, fais attention de pas te pisser dessus ! Soulève ta jupe ! lui conseilla Rose.

Irma haussa les épaules. Elle avait l'habitude.

Marie profita d'être seule avec le commissaire pour lui parler.

— Ça tombe bien que vous soyez là, je voulais justement vous voir, commissaire. Papa m'a dit que vous étiez un de ses amis.

Elle avait bien réfléchi. Ne voulait pas lui faire part de ses craintes à l'égard de Carine, sinon, elle devrait aller au commissariat. Et ça, pas question ! Sa mère lui avait flanqué la trouille des flics. Elle lui avait toujours dit d'éviter à tout prix la justice. Elle trouvait que c'étaient tous des pourris et que les avocats étaient pires encore. Même si le commissaire Léon avait l'air sympa, il ne fallait pas s'y fier. « Ne fais jamais confiance à un flic ! » lui avait souvent seriné sa mère.

— Voilà, expliqua-t-elle, un chauffard a heurté ma mobylette en face du Loup du Faubourg, rue de la Roquette, et il a filé. Mais j'ai eu le temps de relever son numéro de plaque. Tenez, le voici ! Le problème est que si je n'ai pas son nom et son adresse, l'assurance refusera de me rembourser. Pourriez m'aider ?

— C'est pas très légal, ça, dit le commissaire.

— S'il vous plaît !

Elle avait des yeux craquants.

— Je vous téléphone cet après-midi, promit-il.

— Merci ! C'est très gentil ! Seulement, je voudrais que vous n'en parliez pas à mon père. C'est sa mobylette…

— Il va s'en apercevoir.

— Non, il ne roule plus avec. Et comme souvent je prends le métro, il ne se doutera de rien.

Irma rappliqua des toilettes. Elle s'était refait une beauté et avait mis une touche de rouge à lèvres trouvé dans le débarras de Bibiche. Ça venait sûrement du Pin's, parce que quand elle avait ôté le capuchon, elle avait entendu comme un bêlement !

Les Belges la regardèrent bizarrement. Il est vrai qu'ils n'avaient pas l'habitude de voir une gueule à la Gainsbourg avec la bouche de Betty Boop !

43

Le commissaire Léon avait chargé Nina Tchitchi de retrouver la trace du chauffard qui avait heurté la mobylette de Marie. Il lui avait donné un papier avec le numéro de plaque et le téléphone de la petite. N'avait vraiment pas le temps de s'en occuper lui-même. Une heure plus tard, elle avait trouvé le nom et l'adresse du gars et avait appelé la jeune fille pour lui communiquer tout ça.

— Elle était contente comme si on lui avait décroché la lune ! dit Nina.

— Tant mieux, fit le commissaire, plongé dans ses dossiers.

La sonnerie du téléphone arracha Babelutte à son sommeil. Il était justement en train de rêver qu'il se faisait sauter par un berger allemand et qu'il portait un paletot en latex.

— Bonjour, chef, c'est Pinchon. J'ai des nouvelles toutes fraîches ! La fille retrouvée par la bouchère au cimetière du Père-Lachaise a exposé dans une galerie d'art, rue du Temple, où elle a vendu un tableau. Elle s'appelle Sandra Durieux. Son père est mort et sa mère est internée. Ce qui explique pourquoi personne n'a signalé sa disparition. À la fin de son expo, elle s'est fâchée avec le galeriste et a repris ses tableaux.

— Bravo, Pinchon !

— C'est Bornéo, chef. Il m'avait demandé de l'aider à ratisser les écoles de peinture. Quelqu'un a fini par la reconnaître grâce au portrait-robot. Elle avait fait un court séjour d'une semaine au Louvre. Pour vivre, elle effectuait des petits boulots à gauche et à droite.

— Merci, mon vieux.

Le commissaire raccrocha, pensif. Les deux victimes avaient en commun un don pour la peinture. Pourquoi Rouski se serait-il attaqué à elles plutôt qu'à n'importe quelle jeune fille ? Le blanc de titane découvert sous les ongles de la troisième victime, dont on n'avait pu dresser de portrait-robot vu son état de décomposition trop avancé, tendait à prouver qu'elle aussi était peintre.

Le commissaire se sentait à la fois éloigné et proche du but. Comme s'il avait presque toutes les pièces du puzzle, mais pas dans le bon ordre. Son métier lui avait appris que la poussière d'étoiles avait souvent plus d'importance que les étoiles elles-mêmes ! Il reprit son tricot et, au moment où il allait faire les diminutions pour l'encolure du paletot de Babelutte, il eut soudain une idée. Il appela aussitôt Nina pour lui demander le numéro de téléphone du curé qui piquait les trombones dans les magasins. Il eut de la chance. Le saint homme était chez lui !

— Bonjour, curé, c'est le commissaire Léon.

— J'ai rien fait, commissaire, sur la tête de la

Vierge, je vous promets ! J'ai suivi vos conseils et je suis en train de fabriquer un christ avec des canettes de Coca. Ça, on en trouve dans les poubelles, tandis que les coquilles de moules, comme vous me le conseilliez, c'est plus difficile à dénicher. Je n'ai pas le temps d'aller gratter les rochers à la mer.

— C'est pas pour ça que je vous appelle, curé !

— Ah bon ?

— Vous vous souvenez, la dernière fois que vous étiez dans mon bureau, je vous avais demandé ce que signifiait le signe AGLA inscrit auprès des corps des jeunes femmes trouvées dans les cimetières... Vous m'aviez dit que ces mots hébreux signifiaient : « Tu es fort, toujours, Seigneur », et vous aviez ajouté qu'il y avait une autre explication plus mystérieuse...

— Normalement, je ne peux pas vous la dévoiler. C'est un secret.

— Refus de coopérer à une enquête, vous savez quelles peuvent être les conséquences ?

— Bon, soupira le curé. En magie noire, il y a des adeptes qui gravent ce signe près du corps des animaux qu'ils offrent à Satan...

— Ou des êtres humains ?

— Il y a des fous partout, commissaire. En principe, ce signe les protège contre un retour de flamme. Ainsi, ils sont sûrs que l'âme des défunts ne viendra pas se venger.

— Donc, si je comprends bien, ils ne font ça que quand ils ont tué ? S'ils se suicident, ce signe n'a aucune signification ?

— C'est bien ça, commissaire.

— Merci, curé. Et fabriquez-nous une œuvre d'art ! L'Église a besoin de renouveau…

— Quand mon christ sera terminé, je l'offrirai à la police, promis !

Le commissaire Léon faillit en avaler ses aiguilles à tricoter. Manquait plus que ça ici !

44

Le type qui avait rencontré Carine s'appelait Valdès et habitait dans une grande maison, allée des Brouillards à Montmartre. Marie se rappelait que l'écrivain Roland Dorgelès avait vécu dans le coin.

Elle sonna. Quelques secondes plus tard, une voix à l'interphone lui demanda qui elle était.

— Je suis une amie de Carine Richez.

— Carine comment ?

— Richez ! La jeune fille avec qui vous avez eu rendez-vous au Loup du Faubourg samedi dernier.

— Ah oui, je me souviens… Entrez !

Elle entendit un déclic et poussa la porte en fer. Se retrouva dans un parc rempli d'arbustes, plutôt mal entretenu.

L'homme était élégant. Il portait une chemise blanche, ample, et un pantalon en lin écru avec des chaussures italiennes. Il accueillit Marie dans un intérieur bourgeois. Très luxueux, meublé à la mode des années cinquante. Il la pria gentiment de s'asseoir.

— Que puis-je pour vous, mademoiselle ?

— Voilà, je suis inquiète parce que mon amie a

disparu. Nous avions rendez-vous dimanche et elle n'est pas venue. Depuis, plus de nouvelles.

— C'est curieux, moi non plus, dit-il. Elle devait me rejoindre ici lundi soir après ses cours pour m'aider à choisir le meilleur emplacement pour son tableau, et elle m'a fait faux bond !

— Pourtant, je vous assure que ce n'est pas son habitude. Chaque fois qu'elle a eu un empêchement, elle a toujours pris la peine de me téléphoner.

— Elle vous a parlé de moi ?

— Oui, mentit Marie. Elle m'a appelée juste avant de vous voir…

— Et… que vous a-t-elle dit ?

— Rien. Simplement qu'elle avait rendez-vous avec vous.

— Alors, comment savez-vous où j'habite ?

Marie sentit une chaleur moite l'envahir.

— Je… J'ai demandé aux gens de la galerie. Vous leur avez acheté le tableau…

Valdès savait que cette fille mentait. Il n'avait pas donné son adresse aux galeristes. Il avait payé cash. Comme toujours…

— Il faut que j'y aille, déclara Marie qui se sentait de plus en plus mal à l'aise.

— Mais non ! J'ai fait du thé ; vous prendrez bien une tasse avec moi…

— Mon père va s'inquiéter.

Valdès ne répondit pas et se dirigea vers la cuisine.

— Vous aimez le thé à la badiane ?

— Je n'ai pas très soif.

— Il ne faut pas avoir soif pour boire du thé, ma chère. Ce breuvage des dieux fait partie des parfums de la vie, il se déguste avec l'âme autant qu'avec le corps, expliqua-t-il en réapparaissant avec deux bols fumants sur un plateau.

Valdès s'assit en face d'elle et la fixa. Marie le trouva dangereusement séduisant. Elle sentait qu'il cherchait à l'accaparer, à capturer ce qu'elle avait de plus secret. Pour faire diversion, elle se pencha vers la table basse et voulut saisir le bol, mais poussa aussitôt un petit cri. Valdès sourit.

— Il ne faut jamais brûler les étapes, dit-il calmement. Le thé, c'est comme une femme. On doit d'abord le laisser infuser, puis humer doucement son parfum, s'en imprégner jusqu'à l'ivresse, ensuite déguster par petites gorgées…

— En fait, je n'aime pas tellement le thé.

— Comment ? C'est un crime ! Ce sont les êtres frustes qui n'aiment pas le thé.

— Il ne faut jamais généraliser.

— Ce que vous pouvez lâcher comme banalités ! Qu'est-ce que vous faites dans la vie ?

— Je suis dans la même école que Carine.

— Si vous voulez devenir une vraie artiste et ressentir la quintessence de ce qui vous entoure, commencez par vous élever au niveau de ce qui peut vous magnifier. Portez des matières soyeuses et veloutées, apprenez à savourer des mets aux essences rares et nourrissez-vous du meilleur, tant physiquement que spirituellement.

— L'art peut surgir du caniveau.

— Écoutez-moi bien, vous allez comprendre… Une femme en haillons qui se soûle au gros rouge et traîne dans les égouts ne donnera que des éclats de blessures et d'écorchures. Une femme du monde qui se balade dans un jardin anglais ne peindra que du vernis et des formes creuses. Mais une fille en robe blanche tachée de fange peut être capable de toucher au sublime. Avez-vous vu *Fitzcarraldo ?*

— De Werner Herzog ? Oui.

— Il y a dans ce film la plus belle image de femme que j'aie jamais vue ! Claudia Cardinale en robe de mariée déchirée et maculée de boue.

Il saisit délicatement son bol en porcelaine, huma le thé et but une gorgée.

— Buvez ! dit-il en fixant Marie. Vous verrez, le goût anisé est très agréable et vous replonge dans les buissons interdits de l'enfance. Mais prenez garde à ne pas avaler les étoiles.

Marie approcha timidement sa main du bol. Elle ne voulait plus se brûler. Elle le toucha, sentit que ce n'était plus trop chaud, le porta à ses lèvres et but un peu.

Valdès observait chacun de ses gestes.

Comme un prédateur qui étudie sa proie, pensa-t-elle.

— Là encore, vous allez trop vite, fit-il remarquer. Il faut prendre le temps de laisser imprégner tous vos sens. L'odorat est aussi important que le goût et le toucher.

Marie détestait les gens paternalistes et moralisateurs. Elle avait appris à s'en méfier.

Une petite voix dans sa tête lui ordonnait de fuir.

— Je m'en vais, dit-elle en se levant.

Tu ne m'échapperas pas, tes ailes de mouche ne peuvent déjà plus voler !

— Non ! Vous n'allez pas laisser ce thé ! C'est une injure à mon égard et aussi à l'égard de cette plante. Comme si vous tuiez un animal juste pour lui manger une oreille ! Prenez votre bol, ordonna-t-il sur un ton soudain agressif.

La jeune fille se rassit en soupirant et obéit.

— Maintenant, fermez les yeux et délectez-vous de ce parfum céleste. Puis buvez larme par larme…

Fais ce qu'il te dit ! Après, il te laissera partir.

Une fois le bol vide, Marie voulut se lever à nouveau. Sentit un drôle de tourbillon dans sa tête. Assis devant elle, Valdès ne la quittait pas des yeux. Elle le voyait dans une sorte de flou artistique, distinguant un sourire carnassier.

En s'affalant sur le divan, Marie fit glisser le coussin en satin. Des gouttes de pluie giclèrent sur le sol. Des petites gouttes vertes, comme les perles d'un certain bracelet…

45

Bornéo avait questionné tous les voisins de Bobby Rouski. La rue des Envierges avait été passée au peigne fin. Le lieutenant avait montré les portraits-robots des jeunes filles assassinées. Personne ne les connaissait. D'après le voisinage, Rouski ne recevait jamais chez lui. Il rentrait très tard et ne fréquentait pas le quartier. On n'avait rien remarqué non plus le jour de sa mort.

Un enquêteur avait photographié le lieu où Rouski avait été retrouvé pendu, et y avait prélevé des échantillons de terre… Pour finir, les résultats du labo avaient révélé des traces de pattes et la présence de poils de chien et de chat, et pas n'importe lesquels : Babelutte et le matou avec lequel il s'était bagarré dans la cabane à outils ! Pire, dans cette bagarre, ils avaient effacé toute autre empreinte ! Mais comme c'était quand même grâce au chien du commissaire que le mort avait été découvert, on ne fit à ce dernier aucun commentaire.

N'empêche… Léon sentait bien qu'il avait intérêt à dénouer rapidement cette affaire. Armé d'une puissante torche, il examina minutieusement l'endroit, chaque centimètre de mur et de poutre, et finit par trouver ce qu'il cherchait : le signe AGLA, gravé sous une pierre.

Cela confirmait bien que Rouski ne s'était pas pendu et que son assassin était celui des jeunes filles. Le commissaire en conclut qu'il avait probablement été témoin de l'un des meurtres lors d'une de ses sorties nocturnes au cimetière et qu'on l'avait tué pour qu'il se taise.

Quant à l'assassin, il courait toujours…

46

Le vieux Bébert avait encore fait des siennes aujourd'hui. Irma était furax. Quand elle était arrivée chez lui, elle avait cru qu'il avait chié dans son froc avant de se rendre compte que cet imbécile s'était amusé à tartiner le fond de son pantalon avec du choco ! Savait pas quoi inventer pour se faire remarquer, ce con ! Irma avait passé sa matinée dans les lessives.

L'après-midi, elle n'avait pas été plus gâtée. La vieille dont elle s'occupait avait réussi à glisser ses Coton-tige dans le convecteur électrique… Un passe-temps comme un autre. Quand Irma était arrivée, elle avait trouvé la mémé installée devant le chauffage qui diffusait une fumée noire. Un peu plus, la baraque cramait ! Et ça la faisait rire ! La seule chose qui aidait Irma à ne pas craquer, c'était la perspective de retrouver sa fille le soir.

Une fois chez elle, elle s'écroula dans son fauteuil, se reposa un moment et commença à préparer le repas. Marie était en retard. En l'attendant, Irma alluma la télé. Y avait Annie Cordy. Ah, celle-là, elle l'aimait bien ! Sacrée bonne femme ! Elle avait une pêche d'enfer. Irma se mit à danser avec elle. Mais après quelques chansons, elle s'arrêta. Le cœur n'y était plus. Irma commençait à angoisser. C'était pas dans les habitudes de sa fille de rentrer si tard, et surtout de ne pas prévenir.

Pourvu qu'il ne lui soit rien arrivé !

Elle éteignit le gaz de la cuisinière, n'ayant pas envie de manger toute seule. Marie avait maintenant plus de trois heures de retard. Pas normal, ça ! Irma laissa un petit mot sur la table : « Ma chérie, je suis très inquiète. Si tu rentres, je suis au Colibri. Le commissaire y passe parfois le soir. Viens me rejoindre aussitôt ! Ton père qui t'aime. » Et, machinalement, elle avait signé « Irma ».

Au bistrot, elle trouva Jeannot et sa femme chacun à un bout du comptoir. Il y avait de l'eau dans le gaz.

— Ça va, les amoureux ? lança-t-elle, histoire de dénouer cette boule qu'elle avait dans la gorge.

— Non, ça ne va pas, grommela Jeannot. Bibiche s'est encore laissé avoir par le « marchand de tapis miniature » ! Çui-là, y te vendrait le Sacré-Cœur dans un bocal de cornichons ! On ne peut plus rentrer, là-derrière ! C'est rempli de merdouilles.

— C'est pas des merdouilles, répliqua Bibiche.

— Tu connais pas sa dernière acquisition ?

Irma s'attendit au pire…

— Une roue d'autobus ! Non mais tu te rends compte ? Qu'est-ce qu'on va faire avec ça ?

— Il a dit que ça fera très joli dans un jardin en y mettant des fleurs dedans, répliqua Bibiche.

— On n'a pas de jardin !

— Eh ben t'as qu'à la pendre au mur du bistrot

avec un miroir à l'intérieur. Ce sera original. Nulle part ailleurs tu trouves ce genre de choses…

— Ah, pour ça, je suis tranquille ! Aucun idiot n'aura cette idée ! Qu'est-ce que je te sers, ma chérie ? demanda-t-il à Irma.

— Un double whisky.

— Ben dis donc, t'y vas fort ce soir !

— Marie n'est pas encore rentrée. J'ai les boules.

— Bah, à son âge, elle n'a peut-être pas envie d'être toujours dans les jupes de son père…

Assise comme d'habitude sur son tabouret préféré, Rose se marrait.

— Le commissaire ne vient pas ce soir ? s'enquit Irma.

— Je ne sais pas. Je ne l'ai pas vu ce matin non plus. Mais si t'es trop inquiète, dit Jeannot, tu peux aller jusque chez lui. C'est pas loin !

— Je sais, mais j'ai pas envie de le déranger. Déjà que toute la journée il ne doit entendre que des gens qui se plaignent !

— Ta fille, c'est important quand même ! Moi, j'hésiterais pas. Si tu veux, téléphone-lui avant pour voir si ça ne l'embête pas que tu passes. Tiens, voilà son numéro, fit-il en lui tendant un petit carnet ouvert à la lettre « L ».

Irma tomba sur Ginette, la mère du commissaire, qui lui confia que son fils était aux toilettes mais que ça ne le dérangerait sûrement pas, même s'il était déjà en pantoufles.

Comme ça, on sera deux, pensa Irma.

Elle, elle connaissait Ginette parce que Jeannot lui avait un jour expliqué que la dame qui traversait la rue était la mère du commissaire. Mais Ginette ne la connaissait pas ! Surprise, surprise !

Arrivée rue Robert-Planquette, Irma fit le code que Ginette lui avait donné et la grille s'ouvrit sur un jardin éclairé par des réverbères. C'était un de ces endroits magiques comme il y en avait quelques-uns à Montmartre. Le commissaire habitait au rez-de-chaussée en entrant. Juste à côté de la loge de la concierge. Les visiteurs devaient d'ailleurs souvent se tromper ! C'est probablement pourquoi il avait collé une petite pancarte sur sa fenêtre : « Babelutte n'est pas le chien de la concierge. »

Irma toqua.

— Entrez, entrez !

Ginette eut un moment de stupeur en voyant Irma. Arrêt sur image ! Clac ! Mais la mécanique reprit vite le dessus.

— Mon fils vous attend, annonça-t-elle avec un grand sourire. Léon, y a le monsieur qui a sonné tantôt, qui est là avec ses slaches[1]. Alleï, toi !

Ginette avait gardé pas mal d'expressions belges, ayant vécu là-bas très longtemps. Quant à son accent, il suffisait qu'elle retourne à Bruxelles pour qu'il revienne au galop !

Effectivement, le commissaire avait ses pantoufles. De belles vertes à carreaux avec de la mimine qui dépasse.

— Désolée de vous déranger, dit Irma, mais je suis très inquiète parce que Marie n'est pas rentrée ce soir.

— Vous avez bien fait de venir, Irma.

— Oh, s'exclama Ginette, je vous demande pardon ! Je vous ai appelé « monsieur » tout à l'heure !

1. Mules.

— Y a pas de mal, j'ai l'habitude…

— Vous voulez une *couque* ? proposa-t-elle comme pour se faire pardonner.

— Une quoi ?

— Elle veut dire un biscuit, expliqua le commissaire, qui servait souvent de traducteur pour sa mère.

— Euh… Je ne voudrais pas vous en priver.

— Vous en faites pas, Irma, elle en a trente paquets en stock. Tout ça pour gagner une photo de Travolta !

— Dédicacée ! précisa fièrement Ginette.

— Tu parles ! Ces trucs-là, c'est signé par le plouc de service qui colle les timbres sur les cartes quand il les envoie.

— Pfft ! Toi, tu crois à rien ! Si on t'écoutait, on croirait même plus au Père Noël ! Pauvre *soekkeleir* !

— C'est rien, c'est un mot gentil, fit le commissaire. Bon, revenons-en à Marie. Elle devait rentrer à quelle heure ?

— À six heures, après ses cours de dessin.

— Ah, elle fait des études d'art plastique ?

— Enfin… elle peint, quoi !

— À quelle école est-elle ?

— Au Louvre. Vous savez, m'sieur Léon, depuis qu'on vit ensemble, elle est rentrée une seule fois en retard parce qu'elle avait un peu traîné avec sa copine. Mais elle m'a appelé tout de suite pour pas que je me fasse du mouron.

Ginette, qui s'était installée dans un fauteuil avec un magazine ouvert depuis dix minutes sur une page de pub, ne perdait pas une miette de la conversation. Elle ne put d'ailleurs s'empêcher d'intervenir.

— Les mamans, c'est toujours comme ça, on s'inquiète vite pour nos petits.

— Je ne suis pas sa maman, répliqua Irma. Je suis son père.

Ginette ressentit le même effet que si le ciel lui était tombé sur la tête ! Non, mais fallait savoir, quoi ! Tout à l'heure elle avait commis une erreur en appelant Irma « monsieur », et voilà que c'était le père de la gamine !

La mère du commissaire tourna la page.

— Vous êtes certaine qu'elle ne vous a pas dit qu'elle rentrait plus tard ce soir ? Parce que parfois, on oublie…

— Certaine, commissaire.

— Vous n'avez pas le numéro d'un copain ou d'une copine qu'on pourrait appeler pour en savoir plus ?

— Justement, non ! Sa meilleure amie a disparu depuis quelques jours et…

— Qu'est-ce que c'est que cette histoire ?

— Enfin… Marie avait rendez-vous avec elle au resto dimanche et elle n'a plus de nouvelles depuis. Elle s'est rongée les sangs avec cette histoire et je l'ai un peu calmée, parce que j'me disais qu'elle avait peut-être pris un peu de vacances. Je faisais souvent ça quand j'étais jeune. Je partais me dorer les couilles au soleil…

Elle se rendit soudain compte de ce qu'elle venait de lâcher ! Parfois, l'habitude de parler comme au bistrot débordait.

— 'Xcusez-moi, commissaire, c'est sorti tout seul !

Ginette était figée dans son fauteuil, pareille à une statue de cire. Décidément, son fils avait de drôles de fréquentations ! S'il n'était pas devenu flic, il aurait certainement mal tourné.

— Et la copine de Marie, elle était dans sa classe ?

— Non, à la même école, mais en dernière année. Elle a d'ailleurs fait une expo avec ses toiles, à la galerie de la rue Caulaincourt.

— Donc, ça fait pratiquement une semaine que cette fille n'a plus donné de nouvelles, conclut le commissaire. Pourquoi Marie ne m'en a-t-elle pas parlé quand on a mangé ensemble au Colibri ?

— Probablement parce que j'avais un peu relativisé tout ça !

Léon ressentait comme un malaise. Les deux gamines étaient peintres. Celles qui avaient été tuées aussi. Mais il ne fallait pas tomber dans la paranoïa ! À cet âge-là, découcher était une habitude plus que courante. Léon recevait des appels de détresse de parents tous les soirs. Et le lendemain, ils rappelaient pour dire que leur gosse était revenue et qu'elle avait passé la nuit avec son petit ami.

— Bon, écoutez, Irma, vous allez rentrer tranquillement chez vous. Inutile de vous mettre dans tous vos états, il faut rester calme. Et quand elle revient, même si c'est en pleine nuit, appelez-moi, dit-il en griffonnant son numéro sur un papier. Attendons demain matin jusqu'à dix heures. Si vous n'avez aucune nouvelle, alors venez me voir au commissariat et nous agirons. D'ici là, essayez de réfléchir à ce qu'elle vous a dit avant de partir et aussi à ce qu'elle vous a raconté à propos de sa copine. Vous êtes sûre qu'elle n'est pas partie la rejoindre ?

— Marie m'a certifié que son amie n'était pas chez elle.

— Cette fille lui a peut-être téléphoné entre-temps et elle est allée la retrouver…

— Elle m'aurait prévenue.

— Bon. Si un détail vous revient en mémoire, notez-le. Voyons-nous demain comme prévu. Moi, je crois qu'elle va revenir, dit Léon pour apaiser les esprits. Il est fort probable qu'elle vous attend à la maison !

Irma aurait donné n'importe quoi pour que ce soit vrai. Elle aurait même vendu ses robes au diable !

47

Marie se réveilla doucement. Des ombres pareilles à des feux follets léchaient les murs. Valdès avait allumé des bougies. Toujours assis à la même place, en face d'elle, il l'observait, la détaillait au scalpel de son regard acéré. Combien de temps avait-elle dormi ? Quelle saloperie avait-il mis dans son thé ? Elle sentit qu'elle avait les mains attachées derrière le dos.

— Où est Carine ? Elle est venue ici ! Vous m'avez… menti, articula Marie qui avait la bouche pâteuse et des marteaux dans la tête.

Valdès ne répondit pas. Il souriait. Et ses lèvres étaient pires que des lames de couteau.

— Les perles… Elle est venue ici, n'est-ce pas ? insista Marie en se redressant.

Valdès parut soudain ailleurs. Comme si ce que racontait la jeune fille ne l'intéressait pas du tout. Même qu'il se leva et lui tourna carrément le dos pour regarder le tableau suspendu au-dessus du buffet.

— Il vous plaît ? demanda-t-il.

— Je veux que vous me disiez où est Carine !

— C'est ma femme qui l'a peint avant de mourir.

Elle savait qu'elle était atteinte d'un cancer et qu'elle n'avait plus beaucoup de temps…

— Vous l'avez tuée, n'est-ce pas ?

— Qui ça, ma femme ? Non. Elle s'est éteinte toute seule. Elle était très jolie avant la maladie. Après, elle a maigri, perdu ses cheveux… Mais c'est sa plus belle toile ! Jamais elle n'a peint pareille œuvre d'art à l'époque où elle ne pensait pas à la mort. La peur crée le chef-d'œuvre !

— Je me fiche de vos œuvres d'art, je veux savoir où est mon amie, vous entendez ?

— Bien sûr, fit-il en se retournant lentement. Ça ne pose aucun problème. Tu vas aller la rejoindre !

Il tenait un revolver braqué sur Marie.

48

Irma avait passé une nuit blanche. N'avait pas fermé l'œil malgré sa fatigue. Il était huit heures et Marie n'était toujours pas rentrée ! Pas de coup de fil, rien !

C'est quoi ça ? J'compte pour du beurre, moi ? Si elle veut s'envoyer en l'air avec le premier venu, c'est son problème après tout, mais qu'elle me prévienne au moins ! J'espère qu'elle fait gaffe ! Est-ce qu'elle a parlé du sida avec sa mère ? M'étonnerait... Elle était plutôt coincée sur ce coup-là.

Au fond d'elle-même, Irma ne pensait pas que sa fille avait découché, elle était même certaine que celle-ci aurait appelé si ça avait été le cas. Mais bon, il y a toujours un petit doute. En fait, elle râlait pour ne pas pleurer. Parce que oui, elle avait une trouille bleue… Toute la nuit, elle avait ruminé. Tout ça, c'était de sa faute. Si elle s'était acceptée comme elle était, avec son corps de mec, ses poils partout et sa queue entre les jambes, ce ne serait pas arrivé. Elle aurait élevé Marie, aurait été un bon père pour elle, lui aurait appris à rouler à vélo, à nager… Elle lui aurait montré où se trouvaient les limites à ne pas dépasser pour affronter les dangers de la vie. Au lieu de ça, elle avait suivi son désir égoïste de vivre une vie de femme, d'exprimer à l'extérieur ce qu'elle ressentait profondément en elle. Comme si ce qu'elle éprouvait au-dedans ne suffisait pas ! Pourtant, elle avait tenu le coup quelques années. De longues années durant lesquelles elle avait refoulé sa féminité.

Elle portait le pantalon comme un mensonge. En avait finalement eu marre de tricher et c'est pour ça qu'elle avait craqué.

Et alors ? Ça t'avance à quoi maintenant ? Pauvre cloche !

Ne pas tricher. Être sincère avec soi et avec les autres. Tu parles ! La vérité est un sentiment d'égoïste qui ne fait plaisir qu'à celui qui la dit. Tout était chamboulé dans la tête d'Irma. Elle attendit encore un peu près du téléphone au cas où, puis enfila un gilet par-dessus son tablier à fleurs qu'elle n'avait pas quitté depuis la veille, et elle fonça à la PJ.

Marie avait laissé la mobylette dans la cour. Irma n'avait plus tellement l'habitude de ce genre d'engin, mais c'était nettement plus rapide qu'un taxi. À un virage, elle perdit sa pantoufle qui glissa dans le caniveau. Irma s'arrêta, jura un bon coup, remit sa pantoufle toute trempée et reprit la route.

En chemin, elle pensa à ce que lui avait dit Marie. Elle n'avait évoqué aucun garçon et ne lui avait pas paru amoureuse. Bien sûr, elle était inquiète pour son amie… Arrivée quai des Orfèvres, Irma s'arrêta devant les flics de service et expliqua qu'elle avait rendez-vous avec le commissaire Léon.

— Tiens donc !

— Appelez-le, vous verrez bien !

— Il ne nous a rien dit.

— C'est qu'il a oublié. Mais il m'attend.

— Qui dois-je annoncer ? demanda le plus jeune flic en tapotant sur son portable.

— Caroline de Monaco, lâcha le plus rondouillard.

— Irma.

— Irma comment ?

— Irma la Douce. Y comprendra. C'est un pote.

— Oh, oh, le commissaire a de drôles de fréquentations ! susurra le plus acerbe des deux.

— Hé, c'est pas parce que t'as le cul moulé dans un uniforme que t'es mieux que moi, connard !

— Quoi ??? hurla le flic, tout rouge. Mais on va l'embarquer, cette pétasse !

Pendant ce temps, l'autre avait réussi à joindre le commissaire Léon.

— Heu, il est venu sur une espèce d'essoreuse jaune canari, il prétend qu'il s'appelle Irma et que c'est un pote à vous. Qu'est-ce que je fais ?

— Ben laissez-le passer, mon vieux !

— Ah bon ? C'est que…

Le commissaire avait raccroché.

— Alors on l'embarque pour insulte à un fonctionnaire de police ! gueulait son collègue.

— Non. Le commissaire attend madame…

— Perdez rien pour attendre, grogna le flic.

Fière comme si elle avait été élue reine du bal de Bourg-en-Bresse, Irma passa devant eux, faisant pétarader sa mobylette qu'elle gara dans la cour. Aussitôt, le concierge apparut en rouspétant.

— Pouvez pas laisser vot' trottinette ici. C'est interdit.

— J'ai rendez-vous avec mon pote Léon, clama-t-elle.

Le concierge en resta pantois.

Les pédés, ça il comprenait, et pour cause ! Mais les travelos… Sacré commissaire, va !

Irma se tapa les étages à pied. N'avait pas confiance dans les ascenseurs de la police. Quand elle arriva dans le couloir où se trouvait le bureau du commissaire, elle fut alpaguée par Nina Tchitchi qui veillait sur son chef comme un chien sur son os.

— Vous allez où ?

— Chez le commissaire Léon. Il est au courant. Les deux nigauds d'en bas l'ont déjà averti. Dites donc, c'est ravissant vos boucles d'oreilles !

— Ah oui ? Vous aimez ?

— J'adore ! Vous les avez achetées où ?

— Celles-là, je les ai fabriquées moi-même. Regardez, dit-elle, ravie de papoter colifichets.

Elle en retira une pour lui montrer qu'à l'intérieur des petits losanges argentés suspendus au bout d'une fine chaînette on pouvait glisser une dent de lait ou un cheveu et que ça pouvait servir de pendule.

— Ah bon ? C'est ingénieux. Et ça marche ? demanda Irma.

— Je ne sais pas. J'ai pas encore eu l'occasion de tester, mais moi j'y crois !

— Les dernières que j'ai achetées, expliqua Irma, elles étaient avec du strass, assorties à mon collier. Ma fille les porte parfois…

Nina vit soudain qu'elle avait les yeux pleins de larmes et ne pouvait plus parler.

— Vous voulez un verre d'eau, ou un café ? proposa-t-elle pour faire diversion.

— Non merci, je vais voir le commissaire, il pourra peut-être m'aider.

Nina frappa à la porte.

— Oui !

— Il y a une dame qui...

— Je sais, faites-la entrer.

— Marie est pas revenue, dit tristement Irma en s'asseyant sur la chaise en face du bureau.

— Faut pas dramatiser, mais on va voir ce qu'on peut faire. Vous avez réfléchi à ce qu'elle vous a raconté ces derniers jours ?

— J'ai fait que ça, m'sieur Léon.

— Même des détails qui peuvent vous paraître insignifiants sont importants.

— Je suis pratiquement certaine qu'elle a pas découché. Elle me paraissait pas amoureuse. La seule chose qui la tracassait, c'était de ne plus avoir de nouvelles de son amie.

— Qu'est-ce qu'elle vous a raconté à son propos ?

— Oh, pas grand-chose. Je crois que Marie ne voulait pas trop me faire part de ses soucis. Elle a toujours veillé à ce que notre relation soit un peu comme un jour ensoleillé. Vous savez, on ne se connaît pas depuis longtemps... Elle pense sans doute que c'est fragile. Elle sait pas que pour moi, quoi qu'elle fasse, je l'aime pour toujours.

— Irma, c'est sûrement pareil pour elle ! Je crois qu'elle vous adore aussi.

— Je ne sais plus, commissaire... Je m'suis dit qu'elle était peut-être partie parce que c'était trop dur à supporter, un père qui se balade en robe...

— Elle vous a donné cette impression-là ?

— Non. Au contraire, j'avais même l'idée que ça l'amusait. Mais vous savez, elle a sûrement dû faire un terrible effort pour accepter ça. À cet âge-là, on crâne souvent.

— Je crois que vous vous trompez, Irma. Du peu que j'ai vu de Marie, c'est pas ce que j'ai ressenti. N'oubliez pas que c'est une artiste. Et en général, ces gens-là sont attirés par ce qui est « hors norme ». Ne vous cassez pas la tête. Je ne dis pas que c'est son cas, mais quand quelqu'un disparaît ou meurt, on a tendance à culpabiliser. Sachez que quoi qu'on fasse, on commet toujours des erreurs. Mais ça n'a aucune importance. Ce qui compte, c'est l'amour qu'on donne, quelle que soit la manière de le donner. Le reste, c'est du remplissage. Cessez de vous remettre en question et tâchons d'être efficaces. On va commencer par chercher du côté de son amie. Je suis sûr qu'elle nous mènera à Marie. Dites-moi tout ce qu'elle vous a raconté sur elle.

— Elle s'appelle Carine Richez. Comme je vous l'ai dit chez vous, hier soir, elle a exposé à la galerie qui se trouve rue Caulaincourt. Je suis allée au vernissage avec Marie.

— Vous n'avez rien remarqué de particulier ?

— Non. Il y avait beaucoup de monde. Et moi j'aime pas ça. Me sens mal à l'aise.

— À qui avez-vous parlé ce soir-là ?

— J'ai juste dit bonsoir à Carine. Puis je suis sortie pour aller pisser.

— Quand elle n'a plus vu Carine, est-ce que Marie est allée chez elle ?

— Oui, elle m'a dit qu'elle n'y était pas. Elle est même allée voir son prof de dessin, un type qui porte le même nom qu'un auteur de polar… J'ai retenu ce détail parce qu'à une certaine époque, j'en lisais pas mal. J'pensais que ça pourrait m'aider à devenir plus virile ! C'est raté, hein, commissaire ?

— Irma, le monde serait bien triste s'il n'y avait pas des gens comme vous sur cette terre ! Vous lui apportez quelques petites notes de couleur.

— Z'êtes gentil, m'sieur Léon.

— Vous ne vous souvenez plus du nom du gars ?

— Euh… Si on me le disait, peut-être.

— Simenon, James Hadley Chase, Ellroy, Frédéric Dard, Manchette ?

— C'est lui !

— Bon. Et qu'est-ce que le prof lui a raconté ?

— Qu'il avait effectivement vu Carine, mais pas longtemps, et qu'elle était repartie après.

— Marie et Carine sont à l'École du Louvre, c'est ça ?

— Oui.

— Je vais aller interroger le prof, puis je passerai à la galerie. Ça donnera peut-être quelque chose. J'enverrai aussi quelqu'un chez la petite.

— Bon, fit Irma, je vous laisse. Tenez-moi au courant !

— Bien sûr ! Et vous aussi, si vous avez la moindre nouvelle…

— J'espère que l'enflure d'en bas n'a pas bougé ma mobylette. Y râle parce que je l'ai garée dans sa cour. Qu'est-ce que ça peut lui foutre ?

— Vous êtes venue en mobylette ? s'étonna le commissaire, qui pensait qu'elle était en panne suite à l'accident de Marie.

— Oui, ça va plus vite.

— Euh… Vous en faites souvent ?

— De temps en temps. On se la partage avec Marie. Mais des fois, elle prend le métro.

Théoriquement, entre le moment où il avait vu sa fille au Colibri et la veille, jour de sa « disparition », elle n'avait pas eu le temps de faire réparer la mobylette puisqu'il fallait attendre la réponse de l'assurance après avoir communiqué les coordonnées du gars qui l'avait renversée.

— Je vous raccompagne, annonça Léon. Ça me fera prendre l'air…

Dans la cour, il vit que le concierge les observait derrière son rideau.

Ça y est ! Ma réputation est faite !

La mobylette n'avait strictement rien ! Pas une seule bugne !

— Elle roule bien ? demanda-t-il avec l'air de s'intéresser à la mécanique.

— Impeccable !

Il ne voulait pas parler de sa conversation avec Marie, respectant sa demande de se taire à ce sujet.

Avant de démarrer, Irma caressa Babelutte qui se mit à sauter autour d'elle. Le chien l'aimait bien parce que parfois, elle lui donnait des cacahuètes chez Jeannot.

— Arrête de faire le fou ! ordonna son maître.

— Oh, il ne risque pas de déchirer mes bas nylon ! plaisanta Irma qui n'en portait jamais. Tiens, oui ! À propos de fou, ça me revient maintenant… Marie m'avait dit qu'elle allait parfois manger avec Carine dans un resto, aux Fous de je ne sais plus quoi, et qu'elle avait un peu connu le type qu'on a retrouvé pendu. Y travaillait là. Elle l'a reconnu sur la photo dans le journal.

— Aux Fous de l'Île, précisa le commissaire.

— C'est ça !

— Merci, Irma.

Ce détail ne faisait que confirmer le lien qui existait entre le tueur des jeunes filles et le pendu. Mais si Carine avait été prise au piège de cette toile d'araignée, et que Marie ait retrouvé sa trace, il n'y avait plus un instant à perdre ! Toutes deux avaient le profil des victimes retrouvées dans les cimetières. Il était peut-être déjà trop tard…

49

— Tu vas pouvoir lui serrer la main, à Carine ! déclara Valdès.

Tout en maintenant le revolver pointé sur Marie, il souleva une tenture rouge cachant une porte qui s'ouvrait sur un escalier.

— Passe devant et avance, ordonna-t-il.

Il alluma la lumière et poussa sur un bouton qui referma le panneau derrière eux. Les marches étaient raides. Marie sentait le canon froid du revolver dans sa nuque. Le souffle saccadé de Valdès. Elle espérait qu'il n'avait pas fait de mal à son amie…

En bas de l'escalier, une porte fermée à clef. Valdès l'ouvrit et Marie découvrit une immense pièce aux murs blancs dont un pan était recouvert de tableaux, avec des sortes de gros tubes de néon dessous. Au sol, un tapis rouge. On aurait dit qu'il y avait quelque chose dans les tubes, mais Marie ne distinguait pas bien quoi. Au moment où elle s'approcha du mur, elle ne put retenir un cri ! Chaque tube de verre contenait une main et un avant-bras qui flottaient dans un liquide.

— Qu'avez-vous fait ? hurla-t-elle, vous êtes un monstre !

— Non, ma chère, un esthète et un collectionneur. C'est pas pareil. Comme je te l'ai expliqué là-haut, la peur sublime l'art. Il n'y a pas de chef-d'œuvre sans conscience de la mort. Les plus grands peintres sont ceux qui vivaient constamment avec la hantise de mourir. Regarde Bacon, Schiele, Van Gogh... Ils se promenaient avec la mort au bout d'une laisse, dormaient avec elle et se réveillaient entre les bras d'un squelette. J'ai compris ça quand ma femme a peint sa dernière toile. Elle savait qu'elle n'aurait plus le temps d'en faire une autre et elle a tout mis dedans.

— Il y a aussi des grands peintres qui aiment la vie, répliqua Marie.

— Foutaises ! Cite-m'en un seul !

— Matisse.

— Ce n'est pas un grand peintre. Il en est de même pour les écrivains, les musiciens et tous les autres. Le bonheur banalise la création.

— C'est faux ! Quand on a un univers on le transporte partout ! Que ce soit sous le soleil ou sous l'orage. Où est Carine ?

— Justement, à ce propos, cette fille avait du talent. Les peintures qu'elle a exposées dans cette galerie sont intéressantes, mais jamais elle n'aurait réalisé le chef-d'œuvre que je vais te montrer si elle ne m'avait pas rencontré.

Il poussa Marie jusque devant la dernière toile. Des tons superbes, éclats de couleurs indéfinissables, pareils à du velours déchiré, s'harmonisaient dans une composition parfaite sur un fond blanc. Du blanc de titane... Les formes paraissaient presque réelles.

Contrairement aux autres peintures, il n'y avait pas de tube dessous.

Carine est peut-être encore vivante !

— Où est Carine ? insista Marie.

— Patience... Apprécie d'abord ce que tu as devant toi. Je ne connais pas de plus grand plaisir que celui d'être ici. Et je suis fier d'être d'une certaine manière à l'origine de toute cette beauté.

— Mais quelle horreur ! Vous vous rendez compte de ce que vous dites ? Vous avez tué ces femmes...

— Non, j'ai donné un sens à leur vie. Je leur ai permis d'exprimer le meilleur d'elles-mêmes. Elles auraient pu mourir par accident et n'avoir jamais cette force que nous procure l'échéance de la fin. Leur but était quand même de peindre une toile inoubliable. Grâce à moi, elles ont pu le faire.

— Aucun chef-d'œuvre au monde ne vaut une seule vie.

— C'est là que tu te trompes. Ce qui compte, c'est la trace qu'on laisse. Le reste, c'est du vent.

— Vous êtes un assassin, un criminel !

Là, tu viens de signer ton arrêt de mort, petite salope !

— Maître Vergès a dit un jour que « le crime est un pont entre l'art et la beauté ». J'ai construit ce pont pour que ces artistes puissent passer de l'un à l'autre.

— Je ne pense pas qu'il ait exactement voulu dire ça. Pourquoi avoir mutilé ces femmes ?

— Par respect pour elles ! J'ai voulu garder une sorte de signature. La main avec laquelle elles ont peint leur toile et le bout de bras qui l'a guidée sont là comme un trophée, conservé dans un tube de formol.

— Est-ce que vous avez pensé à la peine de leurs parents, de leurs amis... ?

— Le chagrin passe, l'art reste.

— Pourquoi m'avez-vous montré tout ça ?

— Pour que tu comprennes... Plus exactement, pour te préparer à la peur. Comme à un acte d'amour. Ce que tu viens de voir pourrait se comparer aux préliminaires. Ce n'est rien à côté de ce qui t'attend...

50

— Nina n'est pas encore là ? demanda le commissaire au planton de service.

— Non, chef, elle a dit qu'elle avait un rendez-vous capital ce matin et qu'elle arriverait en retard.

— Merde ! Déjà qu'hier soir elle est partie plus tôt alors que j'avais un renseignement important à lui demander !

— Devriez essayer de téléphoner chez elle.

— Ça sonne toujours occupé.

— M'étonne pas. Doit être du genre pipelette, et à décrocher quand elle est pas là.

— Bon, dès que vous verrez pointer le bout de son nez, vous lui dites de venir me voir. C'est urgent !

Léon suspendit sa veste au portemanteau et ouvrit la fenêtre de son bureau. Y avait une sale odeur de renfermé. Babelutte gratta la moquette avec ses pattes arrière, comme s'il enterrait un os – n'avait pas encore fait la différence avec le gazon ! –, et tourna trois fois sur lui-même avant de s'affaler sur son coussin. Là, c'était bon pour la journée ! Dans un ultime effort, il aboya ! On venait de frapper à la porte.

— Salut, mon vieux, je suis allé chez Carine Richez, dit Bornéo, qui avait l'air crevé.

— Et alors ?

— Rien trouvé. Le concierge ne l'a plus vue depuis samedi dernier. Quel porc, celui-là ! Figure-toi qu'il s'était coincé des frites dans les bretelles !

— Hein ?

— Une dizaine de frites bien grasses de chaque côté ! De temps en temps, en me parlant, il en tirait une et la mangeait ! Pour ça, il a été poli le garçon ! Il m'a même demandé si j'en voulais pas une ! À part ça, il m'a donné le courrier. Des pubs, une lettre de la mère qui raconte des banalités, et une carte postale de Suisse genre « on est en vacances et tout va bien ». Des clous, quoi.

— T'as fouillé dans ses tiroirs ?

— Partout. Que des broutilles. Et toi ?

— Je suis passé à la librairie où Marie travaille à mi-temps. C'est pas loin de chez moi. Ils étaient étonnés de ne pas l'avoir vue hier. Rien non plus de ce côté-là. Par contre, j'avais envoyé Pinchon interroger le prof de dessin de Carine. Il m'a dit que le gars l'avait vue chez lui et qu'elle était partie un peu après, ce qui a été confirmé par la concierge. Elle avait un rancard avec un loup, a dit le prof qui pensait qu'elle s'était payé sa poire. Mais quand j'ai vu Marie au Colibri, le bistrot tout près de chez moi, elle m'a demandé de lui rendre un service. Elle prétendait que quelqu'un s'était barré après avoir renversé sa mobylette devant le Loup du Faubourg… Elle avait noté le numéro de sa plaque de voiture et elle voulait que je retrouve le type pour que l'assurance rembourse les dégâts. Ça m'avait frappé, le Loup du Faubourg.

Un ancien flic recyclé dans le polar m'y a invité un soir. Il voulait que je vienne l'écouter lire des extraits de son bouquin, entre les passages d'un pianiste et d'une chanteuse appelés « les Petits Assassins » et qui agrémentaient la soirée d'intermèdes musicaux. Donc je suis allé au « Loup » hier soir. Marie-Pierre, la patronne, se souvenait avoir vu Marie cherchant son amie. Cette dernière avait un rendez-vous là avec un type qui va déjeuner dans le resto d'à côté tous les midis. Mais depuis quelques jours, on ne le voit plus ! Marie-Pierre m'a dit avoir montré le gars à Marie, puis elles se sont quittées sur le trottoir. Elle n'a aucun souvenir d'une collision quelconque, et quand le père de Marie est venu ici, il était en mobylette et elle marchait très bien ! J'en ai donc conclu que le numéro de plaque relevé par Marie était celui du gars avec qui Carine avait rendez-vous. Comme c'est Nina qui s'en est occupée… J'espère qu'elle n'a pas jeté le papier sur lequel j'avais griffonné le numéro, sinon, c'est foutu ! T'as pas une idée d'où elle a pu aller ce matin ?

— Demande à Pinchon… Je crois qu'il est en relation rapprochée avec elle. Un petit retour de service…

— Si sa femme sait ça, elle le tue !

— Non, chef, elle le découpe en morceaux d'abord.

51

— Je veux voir Carine !

— Pas avant que tu aies admiré chacune de ces toiles. Passer devant elles sans ressentir l'émotion et la force qu'elles expriment, c'est faire injure à celles qui les ont peintes. En agissant ainsi, tu bafoues leur art, pire, leur âme !

— Quoi ? Un assassin qui me fait la morale, maintenant ! Mais je rêve !

— Tu ne comprends rien. Tu es trop terre à terre. Détache-toi de la chair et envole-toi vers l'espace infini. C'est là que tout commence. La vie n'est qu'une illusion.

— Et vous, bien sûr, vous n'avez pas peur de mourir.

— Non. Nous sommes ici pour accomplir une tâche et j'ai accompli la mienne. En partie… Maintenant, cesse de parler. On n'apprécie bien les choses que dans le silence. Laisse-toi aller et ne dis rien.

Marie ressentait surtout du dégoût et de la peur. Valdès était un type intelligent et fou. C'est ce qui le rendait encore plus dangereux. Le canon toujours pointé sur sa nuque, Marie s'arrêta devant chaque toile, faisant semblant d'apprécier. Même si ce qu'elle voyait était particulièrement beau et émouvant, elle ne pouvait regarder ces œuvres sans éprouver un sentiment d'horreur profonde. Mais avait-elle d'autre choix que celui de jouer le jeu ?

Jusqu'où irait ce monstre ?

Marie pensa à son père, à l'angoisse qu'il devait éprouver en ne la voyant pas revenir. Elle aurait dû lui parler, ne pas agir seule. Maintenant, il était trop tard.

Elle fait semblant d'apprécier... Elle pense à autre chose. Je le sens. Cette fille n'est que pourriture. Je vois déjà les insectes nécrophages pondre leurs œufs dans ses orbites évidées et s'incruster dans sa chair en putréfaction.

52

— Te laisse pas aller comme ça ! lança Jeannot à Irma, qui ressemblait à un cadavre ambulant.

— J'ai plus goût à rien. J'sais pas quoi faire… J'peux pas rester ainsi alors que ma fille est peut-être en danger !

— Bois un coup, proposa Rose, ça te fera du bien.

— Pas envie.

— Oh, là, là ! Mais c'est que ça va vraiment mal, alors !

— T'as pas de gosse, toi, tu peux pas comprendre.

— J'ai pas voulu faire de la chair à canon, moi ! Les mômes, c'est que des problèmes. La preuve, j'veux plus de chien non plus. Quand Choupinette est morte, j'ai été inconsolable pendant des mois !

— Ouais, approuva Jeannot, elle se beurrait la gueule tous les jours.

— Le secret du bonheur, expliqua-t-elle, c'est d'être libre comme l'air ! Pas de moutard, pas de bestiole, et pas d'homme dans les pieds. Même le poisson rouge, je l'ai viré ! J'peux passer ma journée au bistrot, y a personne pour m'engueuler quand je rentre chez moi.

— Personne pour te faire des câlins non plus, ajouta Bibiche qui frottait les tables.

— Tu verras quand je gagnerai au Loto ! Ils seront tous là à se traîner à mes pieds, les roubignoles par terre… Allez, Irma, secoue-toi ! Neuf chances sur dix que ta gamine soit en train de s'envoyer au septième ciel avec un étalon. Et toi, t'es là à te ronger les sangs pour des prunes.

— Marie n'est pas comme ça. Elle me l'aurait dit.

— Parce que tu le disais à tes parents, quand tu faisais mumuse avec une merdeuse ?

— C'est pas pareil. À notre époque, on n'osait pas raconter tout ça.

— Est-ce que t'as fouillé dans ses affaires ? demanda soudain Jeannot.

— C'est pas dans mes habitudes, dit Irma. D'ailleurs, elle m'en voudrait si je faisais ça.

— T'es con ! Y a peut-être un indice, quelque chose qui pourrait t'indiquer où elle est !

— Tu crois ? fit Irma.

— Qu'est-ce que tu risques ? À ta place, elle ferait sûrement pareil. Je suis sûre qu'elle ne t'en voudra pas.

— T'as raison.

Ni une ni deux, Irma fonça chez elle. Elle ouvrit l'armoire contenant les affaires de Marie et commença à fouiller. Inspecta chacune de ses poches… Irma tremblait. Elle avait peur d'y trouver quelque chose de blessant, des mots déplacés à son égard, un baiser déchiré…

Dans le fond de l'armoire, elle dénicha une photo de son ex-femme et fut émue en la voyant. Elle était jolie. Irma l'avait aimée. Un peu. Au début. Et lorsqu'elle ouvrit la valise glissée sous l'armoire, elle éclata en sanglots en découvrant l'ours qu'elle avait offert à Marie quand elle était petite. Il était toujours là et avait traversé tous les orages. C'était comme si sa fille lui disait qu'elle n'avait jamais cessé de l'aimer.

Irma serra l'ours dans ses bras. Elle était certaine qu'à cet instant précis, où qu'elle soit, Marie sentait que son père la serrait contre son cœur. Irma voulut chasser le goût des larmes. Elle alla à la cuisine se préparer un café. Fallait qu'elle soit forte si elle voulait aider sa fille.

Je ne peux pas me laisser aller ! J'ai pas été là quand elle avait besoin de moi. Maintenant, faut que je me rattrape !

Elle sillonnerait toutes les rues de Paris avec la photo de Marie. Quelqu'un finirait bien par la reconnaître. Elle commencerait par Montmartre. Irma ouvrit la penderie pour prendre un anorak. Faisait pas chaud aujourd'hui. C'est alors qu'elle vit le blouson de sa fille et eut envie de le mettre à la place de son anorak. Juste pour être avec elle et sentir son odeur fruitée. Marie se parfumait à la mandarine.

Quand elle enfila le blouson, Irma glissa la photo de son « bébé » dans la poche droite et sentit quelque chose. Comme un bout de carton. Elle le sortit et vit qu'il s'agissait d'une carte d'identité déchirée qui avait été recollée. Le nom était illisible. Par contre, le portrait de la jeune fille lui rappelait vaguement quelqu'un. Elle avait déjà vu cette personne. Mais où ? Et pourquoi Marie avait-elle gardé ça dans sa poche ? Bizarre…

53

— Tu veux voir ton amie ? demanda Valdès lorsque Marie eut fini d'« apprécier » les toiles de ses victimes.

— Oui.

Marie espérait la trouver vivante puisque sa peinture était la dernière, et la seule, sans « trophée macabre » dessous.

Valdès poussa la jeune fille dans une pièce adjacente, aux murs carrelés de blanc. Un bloc opératoire qu'un éclairage cru rendait plus sinistre encore était installé au milieu. Sur une tablette, des instruments de chirurgien, des bocaux, une scie…

Tout en continuant à maintenir son revolver braqué sur la nuque de sa proie, Valdès ouvrit le premier tiroir d'une grande armoire métallique.

— Tu voulais lui serrer la main ? dit-il à Marie en lui tendant ce qui restait de Carine…

Il riait.

Marie se sentit défaillir. Les murs tournaient autour d'elle, se rapprochaient, allaient finir par l'écraser ! Des doigts traversaient le carrelage et voulaient lui griffer le visage. Marie aurait voulu crier. Mais aucun son ne sortait de sa bouche.

Elle s'écroula sur le sol glacé.

Maintenant, petite misère, tu vas savoir comment dansent les morts... Mais d'abord, tu vas cracher tes mystères, sortir tes tripes et ton âme rien que pour moi. Je vais posséder tout ce qu'il y a en toi, jusqu'à l'ultime couleur, celle de la peur.

54

— Dites-moi, Pinchon, est-ce que par hasard vous ne sauriez pas où je pourrais trouver Nina ? C'est urgent.

— Pourquoi me demandez-vous ça à moi ? J'suis pas dans ses confidences…

— Ah bon. Je pensais…

— Qu'est-ce que vous insinuez, chef ?

— Rien. Je vous croyais complices puisqu'elle vous initie à l'informatique.

— Qui vous l'a dit ?

— Tout le monde sait ça, ici.

Pinchon changea de couleur. Si sa femme apprenait ça, ce serait l'enfer !

C'est alors que le diable apparut, avec sa minijupe vert fluo et ses talons aiguilles.

— 'Jour, commissaire ! Paraît que vous me cherchez ?

Nina adressa un grand sourire à Pinchon.

— Ça va, toi ?

Il ne répondit pas.

— C'est à cette heure-ci que vous arrivez ? grogna le commissaire.

— J'avais un rendez-vous de la plus haute importance.

— Pour le boulot, j'espère !

— Bon, chef, je vous laisse, fit Pinchon, de plus en plus mal à l'aise face à Nina qui ne cessait de lui lancer des œillades.

Çui-là, il a pas gardé ses mains dans ses poches, pensa Léon. *Y serait peut-être même passé à la casserole que ça m'étonnerait pas !*

— Oui, c'est pour le boulot, assura Nina. Vous savez que la présentation d'une secrétaire est très importante dans son métier. Nous devons veiller à donner de la police une image jeune et dynamique.

Où veut-elle en venir ?

— Donc, continua-t-elle, ce matin, je me suis rendue à un rendez-vous que j'ai mis des mois à obtenir ! Je ne pouvais vraiment pas le manquer, vous comprenez.

— Venez-en au fait, Nina. Où étiez-vous ?

— Chez le chirurgien esthétique d'Emmanuelle Béart. Vous vous rendez compte ? Il a accepté de me recevoir ! Quand j'pense qu'il l'a vue en chair et en os !

— Nina…

— Oui, commissaire ?

— Vous vous foutez de ma gueule ou quoi ? cria-t-il.

Babelutte se terra sur son coussin. N'aimait pas qu'on aboie aussi fort. C'est vrai, ça, c'est fragile les oreilles d'un gentil petit chien !

— Pas du tout, commissaire, expliqua Nina qui restait très calme. C'est celui qui lui a refait les lèvres.

Z'avez vu la bouche de star qu'elle a ? Eh bien, je veux la même. C'est pour ça que je suis allée chez lui.

— Vous allez continuer à vous rafistoler longtemps comme ça ?

— Je veux devenir la top model de la PJ.

— À force, vous allez finir par ressembler à Michael Jackson et on vous emmènera au bureau en pièces détachées. Occupez-vous un peu plus de votre boulot et un peu moins de votre apparence. On n'est pas chez Gaultier, ici ! Tout ce qu'on vous demande, c'est d'être *efficace*.

Nina râla. Décidément, ce vieux croûton ne comprenait rien aux femmes ! Pas étonnant qu'il soit toujours célibataire.

— Pour être efficace, une femme doit se sentir bien dans sa peau, commissaire. Ça me paraît évident !

— De toute façon, vous ne serez jamais satisfaite. Vous changez de coiffure tout le temps, vous vous êtes déjà fait revisser de nouveaux seins. Et après les lèvres, ce sera le nez…

— Ah bon ? Vous n'aimez pas mon nez ? demanda-t-elle, visiblement contrariée.

— J'ai pas dit ça !

— Si, vous l'avez dit !

— Écoutez, Nina, faites-vous recoudre et recoller dans tous les sens, faites-vous tatouer un omnibus autour du nombril, je m'en fous ! Mais soyez au bureau à l'heure et retrouvez-moi immédiatement l'adresse du gars que je vous avais demandé de chercher d'après le numéro d'immatriculation que j'avais noté sur un papier l'autre jour.

Moi, j'le trouvais plutôt pas mal, mon nez…

— Nina ? Vous m'entendez ?

— Euh, oui, commissaire.

— Vous avez communiqué l'adresse d'un type à une jeune fille nommée Marie, vous vous souvenez ?

— Ah oui.

— Ouf !

— Ben je l'ai plus.

— C'est pas vrai ?

— Pourquoi vous lui téléphonez pas à cette Marie ?

— Parce qu'elle a disparu ! Et que la seule piste était cette adresse ! Bon Dieu, faites un effort, Nina. Vous ne vous souvenez vraiment pas d'un détail ? Ne serait-ce que de l'arrondissement ?

— Non.

— Et bien entendu, vous n'avez pas gardé le papier sur lequel j'avais inscrit le numéro de plaque du gars ?

— Non.

— Alors, c'est foutu, dit-il, désespéré.

— Par contre, je me souviens du numéro…

— Hein ? Pourquoi ne l'avez-vous pas dit tout de suite ?

— Parce que vous m'avez demandé si je me souvenais de l'adresse et si j'avais gardé le papier. Mon père m'a toujours conseillé de ne pas dire ce qu'on ne demande pas. « Ça t'évitera des emmerdes », qu'il ajoutait.

Léon soupira. Entre Babelutte et Nina Tchitchi, il se sentit soudain seul au monde.

— C'est 182 RLM 75.

— Quelle mémoire !

— Facile ! 182, c'est le nombre de boucles d'oreilles que je possède, et les lettres sont celles des prénoms de mes trois premiers amants : Robert,

Louis, Marc. Pour le département, je me souvenais que c'était à Paris.

Le commissaire l'attrapa par-dessus son bureau et lui colla un gros bisou sur la joue. C'était la première fois qu'il faisait ça ! Nina en fut toute chamboulée. De petits nuages roses flottaient autour de sa tête, avec des angelots couverts de paillettes.

— Retrouvez-moi l'adresse ! Vite !

Il me parle ? Qu'est-ce qu'il dit ?

— Oh ! Nina ! Qu'est-ce qui vous arrive ?

Elle le regardait comme s'il était un gros gâteau d'anniversaire plein de bougies et de crème au beurre.

— Nom d'une pipe, réveillez-vous ! Il y va peut-être de la vie de cette petite. Magnez-vous le train !

Ça y est ! Il venait de souffler les bougies. La crème dégoulinait du gâteau. Nina tourna les talons. Elle marchait rageusement. Pour écraser les dernières miettes qui restaient.

55

Les murs de la cave où était enfermée Marie ressemblaient à des lambeaux de chairs de cadavres pourris. De grosses gouttes d'humidité suintaient sur les parois, dégageant une insoutenable odeur de moisi. Elle était dans le ventre de la mort. Et devait accoucher d'une œuvre. D'un « enfant » engendré dans la peur et dont elle ne verrait jamais les couleurs à la lumière du jour.

Une lampe trop vive éclairait la toile que Marie avait dû enduire auparavant de blanc de titane, seule exigence picturale de Valdès.

Marie pleurait. De grosses gouttes coulaient sur ses joues, comme celles qui transpiraient des murs. Elle resta longtemps devant ce rectangle blanc immaculé, pareil à un ciel de silence, fenêtre de pureté au cœur de cet endroit monstrueux, à l'image du fou qui lui avait attaché le ventre et les chevilles avec des sangles, sur ce fauteuil vissé au sol.

Elle pensait à sa mère qu'elle allait bientôt rejoindre, à Carine… Où Valdès l'avait-il enterrée ? Auprès de quel peintre ? Elle espérait qu'il avait choisi Lautrec. Mais laissait-il le choix à ses victimes ? Poussait-il la cruauté jusqu'à les mutiler de leur vivant, ou attendait-il qu'elles soient mortes pour leur couper le bras ?

Valdès avait tracé une ligne rouge autour du sien… Marie avait essayé de la faire partir en humidifiant sa peau avec sa langue et en frottant de la main gauche puisque le haut de son corps était libre. Mais la ligne semblait indélébile.

Le visage de son père apparut sur la toile. Un visage d'homme d'abord. Un peu flou. Ensuite, les traits devinrent plus ambigus, avec quelque chose de féminin dans le regard et dans le sourire.

Pourvu qu'il ne se soit pas imaginé que je suis partie parce que je ne supportais pas son apparence physique. Lui ai-je dit que je l'aime tel qu'il est ? J'aurais dû lui répéter. Lui dire encore et encore. Comme à ma mère et à Carine.

Elle pensa aussi à Elvire. Aurait aimé se réincarner en chat après sa mort et se faire adopter par elle.

Peu à peu, elle choisit des couleurs. Pas au hasard, mais selon ce qu'elle ressentait profondément. Elle jeta des éclats de rouge écarlate et de jaune safran sur la neige. Des couleurs qui criaient la vie sous ses coups de pinceau pour chasser la mort.

56

Bornéo avait mis les gaz et la voiture fonçait vers Montmartre, allée des Brouillards, chez Valdès. Le commissaire Léon était à ses côtés.

Derrière, Babelutte, vautré dans les poils qu'il laissait chaque fois sur la banquette, bâilla d'aise. Depuis peu, il s'était aperçu que dans cette machine à roulettes y avait la même odeur qu'à la maison, quand Ginette ouvrait la porte des toilettes. Et il aimait ça, se sentir comme chez lui. En plus, il retrouva un os coincé sous le siège. Il reconnut celui qu'il avait déterré dans le grand parc plein de pierres et de fleurs qui ne sentent rien, où il était allé avec son maître et l'autre andouille.

— C'est toi qui as accroché ce sapin ridicule dans la voiture ? demanda le commissaire.

— Comment, t'as pas remarqué qu'il y en a un dans chaque bagnole ?

— Non. J'ai pas fait attention. C'est une infection, ce truc ! Ça pue les chiottes !

Bornéo se mit à rire.

— Qu'est-ce qui te fait marrer ?

— C'est un cadeau de ta mère !

— Quoi ?

— Elle nous en a offert une caisse entière ! Elle a gagné ça dans un concours avec une marque de biscuits. T'étais pas là quand elle a appelé, et comme c'est le brigadier Ramoz qui a répondu à la question, on a eu droit à une caisse de sapins parfumés ! Il était tellement content qu'il voulait en mettre dans tous les bureaux !

— Non ?

— Rassure-toi, ta mère n'a pas tout donné à la police ! Paraît qu'il lui en reste quatre caisses. Petit veinard, va !

— Tu crois que c'est parce qu'elle est belge qu'elle est comme ça ?

— J'crois pas. La mienne est française et elle collectionne les jeux de Game Boy.

— J'vois pas ce que ça a de curieux.

— Ah non ? Elle a soixante-dix ans. Enfin, mes gosses trouvent ça cool, comme ils disent. Tu penses, une mémé qui passe son temps avec Mario Bros ! Et moi qui m'esquinte à leur démontrer qu'il vaut mieux lire que de jouer avec ces machins qui rendent abrutis !

Ils étaient arrivés. Bornéo gara la voiture sur la petite place, pas loin du Lapin Agile, le célèbre cabaret dont l'enseigne, un lapin dans une poêle, avait été peinte par André Gill.

— Bon, tu m'attends ici, dit le commissaire. Si au bout d'une demi-heure tu ne me vois pas réapparaître, tu rappliques.

— Compte sur moi. Dis, il est bon le vin de Montmartre ? demanda Bornéo en regardant les vignes de la rue Saint-Vincent.

— Ça dépend… Je t'en ferai goûter quand cette

histoire sera finie. En espérant qu'elle se terminera bien.

Léon sortit de la voiture et referma la portière, laissant Babelutte avec son collègue. Le chien n'en revenait pas ! D'habitude, son maître l'emmenait toujours avec lui. Comprenait pas. S'il avait fait une connerie, il aurait reçu un bout de chocolat. Donc, c'était pas ça. Y puait de la gueule ou quoi ?

Soudain, Babelutte se rappela que la seule fois où Léon l'avait laissé dans la cage à roulettes, il avait entendu des coups de feu un peu après. Il se dressa sur ses pattes arrière et regarda par la fenêtre. Se mit à aboyer pour faire revenir son maître. Mais il était déjà trop loin et ne l'entendait plus.

Le commissaire Léon sonna. Une voix lui demanda qui il était.

— Police.

Silence. Quelques secondes plus tard, la porte s'ouvrit. Un homme élégant et souriant accueillit le visiteur qui montra sa carte.

— Que me vaut cet honneur ?

— J'ai quelques questions à vous poser.

— J'ai grillé un feu rouge ?

— Je peux entrer ? demanda le commissaire.

— Mais bien sûr !

Vu l'intérieur, Valdès n'était certainement pas dans le besoin. Déjà, pour habiter ce quartier… Léon s'y était baladé souvent avec son chien. Il aimait beaucoup cette allée où certains soirs on pouvait encore voir rôder les fantômes de Dorgelès, Aristide Bruant, Apollinaire, Carco… On ne pouvait venir à Montmartre sans en tomber éperdument amoureux. C'est ce qui était arrivé au commissaire.

— Manifestement vous aimez la peinture, dit-il en regardant l'unique toile suspendue au-dessus du meuble.

Une toile volontairement isolée pour être mise en évidence. On sentait qu'elle n'avait pas été posée là par hasard et qu'elle avait trouvé sa place après moult recherches, en fonction de l'éclairage, de l'environnement…

— C'est ma passion, commissaire. Celle-ci est de ma femme. Gabrielle Lazare, peintre très cotée. Malheureusement, elle n'est plus parmi nous. Et vous, quelle est votre passion ?

— La vie. Tout simplement.

Valdès sourit. Pensa que, décidément, les flics ne sont pas des génies !

— Vous êtes venu pour me parler de peinture ?

— Non, pour vous parler de Carine Richez.

— Ah… La jeune fille à qui j'ai acheté une toile ! Elle a du talent !

— Quand l'avez-vous vue pour la dernière fois ?

— Je ne sais plus exactement. C'était un soir. Samedi, il me semble. Je lui avais demandé si elle désirait venir accrocher sa peinture elle-même. C'est très important, car un mauvais emplacement peut tuer une toile !

— Vous parlez de la peinture comme si elle était vivante !

— Mais elle l'est, commissaire ! Écoutez, dit-il en approchant son oreille du tableau sur le mur, je l'entends respirer ! Si, si, je vous assure !

— Et Carine a accepté ?

— Malheureusement non. Elle trouve qu'une fois vendue, l'œuvre ne lui appartient plus et que personne ne peut trouver meilleure place que celui qui l'a acquise. C'est un point de vue…

— Carine vous a quitté à quelle heure ?

— Elle ne m'a pas quittée !

— Ah bon ?

— Non, puisque sa peinture est avec moi.

Le commissaire Léon eut subitement envie d'une cigarette. Ce type l'énervait. S'il l'avait pu, il aurait sorti son ouvrage de sa mallette pour tricoter quelques mailles. Mais ça aurait fait mauvais genre !

— Pourquoi me posez-vous toutes ces questions ? Il lui est arrivé quelque chose ? demanda Valdès.

— Elle a disparu.

— Oh, vous savez, à cet âge-là… Un petit ami, un conflit avec les parents et on fugue !

— C'est pas son genre.

— Vous la connaissiez bien, commissaire ?

— Moi, non, mais son amie Marie, oui.

Léon s'attendait à une réaction de la part de Valdès, mais il ne broncha pas.

— Marie… Une jeune fille avec des cheveux châtains et la peau mate, ça ne vous dit rien ?

— Non, ça devrait ?

— Elle roulait sur une mobylette jaune et vous l'avez renversée en face du Loup du Faubourg, rue de la Roquette.

— Je m'en serais aperçu si j'avais renversé quelqu'un. Je vais souvent dans cette rue, car j'ai un ami qui y tient un restaurant et je vais déjeuner chez lui pratiquement tous les midis. Mais ces derniers temps, j'ai eu pas mal de travail…

— Vous faites quoi ?

— J'achète et je vends des œuvres d'art à l'étranger.

— Permettez que je jette un coup d'œil avant de partir ?

— Mais bien sûr, commissaire ! Je vous en prie…

Léon parcourut la pièce, regarda dans la cuisine, grimpa à l'étage. Vit la chambre et la salle de bains. Un endroit où des peintures étaient entreposées.

— La toile de Carine Richez est parmi celles-ci ? demanda le commissaire.

— Non, elle est dans ma maison de campagne, en Bourgogne. Je trouvais que cette toile, avec ses tons de terre de Sienne, serait mieux dans un environnement champêtre.

— Bon, fit le commissaire, si jamais vous avez des nouvelles de Carine, contactez-moi au quai des Orfèvres.

— Bien sûr. Au revoir, commissaire !

Valdès le raccompagna jusqu'à la grille.

Lorsque Babelutte vit son maître, il remua la queue. Il n'avait pas entendu de coups de feu. Était-il passé à travers les balles ?

57

Ce qui attristait le plus Marie, c'est qu'elle allait mourir sans avoir connu une grande histoire d'amour. Elle aurait aimé ça, rencontrer un homme qui lui donne envie de croquer les nuages. Un type romantique, avec une longue écharpe bleue, qui l'aurait mangée des yeux et aurait chassé les poussières grises du quotidien.

Elle avait cessé de mettre des couleurs sur sa toile. Voulait garder un petit espace blanc pour s'évader et rêver que l'homme la déshabillait sur une place enneigée, à Venise ou ailleurs. Il était impatient et déchirait sa robe pour dévorer la petite fille qu'elle resterait toujours, et qui s'abandonnait dans les bras de cet amour comme on se jette dans le vide.

Après la tristesse, Marie ressentit de la rage. Elle ne voulait pas mourir, ni faire cadeau d'une œuvre à ce monstre ! Elle trempa ses pinceaux dans du noir, du vert, du brun et mâchura la toile de lambeaux d'amertume.

La porte s'ouvrit et Valdès s'approcha de sa captive. Lui toucha l'épaule. Marie ressentit une brûlure. Certaines fois, les caresses sont des morsures du diable. Et ce type était bien plus dangereux que Satan parce qu'on ne s'en méfiait pas. Il ne manquait pas de charme et son intelligence était effilée comme la lame d'un couteau qui s'enfonce lentement, lentement… Au début, on ne sent rien. On voit juste une perle rouge sur la peau. Mais quand on retire la lame d'un coup sec, ça fait très mal.

Marie hurla.

Une longue traînée pourpre coulait le long de son bras.

— Avec toi je vais devoir faire comme avec l'autre. Celle que j'ai dû déchirer à coups de couteau parce qu'elle avait piétiné le cadeau que je lui avais offert. Chaque minute avant la mort est enfermée dans un écrin contenant l'inestimable valeur du temps qui reste. Au lieu de toucher au sublime, tu t'enfonces dans la laideur et dans la rage. Ton tableau, c'est de la crasse, et tu le sais, dit Valdès. Les autres avaient compris. Je leur ai injecté une dose de cyanure. Toi, tout comme celle que j'ai enterrée derrière la tombe de Modigliani, tu galvaudes de précieuses minutes, tu bafoues l'art et tu ne mérites qu'une mort violente. L'autre, j'ai dû la déchiqueter de partout avant qu'elle finisse par me pondre une œuvre d'art. Je vais te donner ta dernière chance…

Il posa une autre toile devant elle. Une belle toile blanche.

L'homme à la longue écharpe bleue réapparut. Il marchait lentement vers Marie. Ses pas ne laissaient pas de traces dans la neige. Il enroula son écharpe autour de son bras et elle cessa de saigner.

58

— Commissaire ! Y a un monsieur qui vous attend dans votre bureau, dit Nina Tchitchi en papillotant des cils. Je l'ai fait entrer parce que le banc dans le couloir est cassé. Le gros Maurice s'est assis dessus… Le monsieur paraît très énervé.

— Ah oui ? Eh bien ça va être vite réglé ! Je vais le calmer, moi ! J'suis pas d'humeur…

— Je vous avais pas donné la bonne adresse ?

— Je n'en sais rien. Valdès prétend n'avoir pas vu Marie, mais ce qui me chiffonne, c'est que c'est un collectionneur de tableaux. Or les victimes ont sûrement été tuées par quelqu'un qui évolue dans ce milieu.

— Il ment !

— Qu'en savez-vous ? s'étonna le commissaire.

— J'ai pendulé mes boucles d'oreilles au-dessus de son adresse.

— C'est la meilleure ! Vous croyez pouvoir résoudre toutes les affaires grâce à vos boucles d'oreilles ? On se demande pourquoi on s'esquinte encore à faire des enquêtes ! Allez dire à Pinchon qu'il peut partir en vacances. Les Baléares, c'est pas cher en cette saison.

— Vous vous fichez de moi, commissaire ?

— Vous croyez ?

Nina soupira et lui tourna le dos. Ce flic était un ignare, un goujat, un sale matérialiste. N'avait aucune sensibilité. Pouah !

Petites lunettes rondes, visage buriné et dos voûté, le visiteur avait déjà pris place sur la chaise en face du bureau. Avec ses grandes oreilles.

— Soyez bref et efficace. J'ai du boulot, grogna le commissaire.

— Je viens porter plainte pour attentat. À cinq centimètres près j'étais mort, m'sieur l'agent.

— Commissaire.

— Le toit de ma voiture est tout défoncé ! Un obus est tombé dessus !

— Un obus ? Vous êtes sûr ?

— Enfin, c'est tout comme... Regardez, dit l'homme rond en sortant l'objet meurtrier de sa poche.

— Mais c'est une boule de pétanque !

— Ah oui ? Et depuis quand est-ce que les boules de pétanque tombent du ciel ?

— Votre voiture n'était pas garée rue Blondel, par hasard ?

— Euh... si ! Comment vous savez ça ?

— Une intuition.

— Dites donc, vous êtes fort, vous !

— C'est pour ça que je suis flic. Bon, vous n'êtes pas mort, tout va bien. Vous pouvez rentrer chez vous maintenant. Au revoir, monsieur.

— Quoi ? Mais je veux déposer plainte !

— Plainte contre qui ? Contre des extraterrestres ?

— Comprends pas.

— Ça arrive tout le temps rue Blondel. Les gens

voient des ovnis et puis paf ! Une boule qui tombe… On en a conclu que les Martiens attendaient de se trouver au-dessus de cet endroit pour jouer à la pétanque. Doivent pas aimer les putes. Y en a plein dans le quartier. D'ailleurs, on parle de la « rue Bordel ». C'est comme ça, faut plus passer par là, c'est tout. Au revoir, monsieur.

— Et… et la police ne va rien faire ?

Quand est-ce qu'il va me lâcher la grappe ?

— Si. On tend des filets. Allez, au revoir, monsieur.

Cette fois, ça y était. Bon débarras ! Le type s'en alla. Avec ses petites lunettes et ses grandes oreilles. Le commissaire Léon prit son tricot et…

Toc ! Toc !

— Quoi encore ?

— C'est Nina. Y a le concierge qui veut vous voir, chef !

— Le concierge ? Qu'est-ce qu'il me veut çui-là ? Il rangea prestement son tricot et invita la secrétaire à entrer.

— Y prétend que c'est top secret.

— Écoutez, racontez-lui n'importe quoi, mais j'ai du boulot et je ne veux plus qu'on me dérange. Sous aucun prétexte. Vu ?

— Bien, commissaire, fit-elle en battant de nouveau des paupières comme une star de Hollywood.

— Vous avez quelque chose dans l'œil ?

— Non, ce sont mes nouveaux cils. N'aviez pas remarqué ? fit-elle, déçue.

— Euh… C'est que j'ai pas vraiment la tête à ça en ce moment, ma chère Nina.

— Les autres fois non plus. Vous ne voyez jamais

rien, vous. À croire que les femmes, ça vous intéresse pas.

— Hé ! Hé ! Elle a du nez cette petite. Hein, m'sieur l'commissaire ?

Le concierge venait de passer sa tête de cabillaud derrière la porte.

— Qu'est-ce qu'il a mon nez ? demanda Nina.

— Mais rien ! Il est très bien votre nez, hurla le commissaire. Bon, et vous, qu'est-ce que vous me voulez ? lança-t-il au concierge.

— C'est entre vous et moi. Je ne voudrais pas faire jaser, comprenez ?

— Bon, eh bien puisque je suis de trop, je m'en vais, geignit Nina, vexée.

— Avant de tirer la tronche, vous pourriez appeler la mère Chapeau et lui dire de se calmer avec ses boules de pétanque. Elle va finir par tuer quelqu'un dans la rue si ça continue.

Nina ne répondit pas et claqua la porte.

— Voilà, je ne voulais pas vous mettre dans l'embarras, chuchota le concierge, le sourire en demi-camembert.

— C'est fait ! Parlez plus fort, j'entends mal.

— Comme vous voulez… C'est rapport à votre petit ami, dit-il en élevant considérablement la voix.

— Quel petit ami ?

— J'aurais dû me douter que vous en aviez plusieurs, beau gars comme vous êtes !

Respire ! Reste zen, mon vieux Léon. Le tai ji quan c'est pas mal non plus, paraît-il. Faudrait essayer.

— Écoutez, monsieur Molard…

— Bolard. Mais vous pouvez m'appeler Raymond. Entre confrères…

— Je vais être très clair. Nous ne sommes pas confrères et je suis sur une affaire épineuse. Venez-en au fait !

— J'aimerais bien être à votre place et être aussi sur une affaire épineuse, dit-il avec un petit sourire.

Tais-toi ! Pense aux p'tits zoizeaux dans la forêt !

Il pensa aux volatiles qui éructaient toutes les heures sur l'horloge de sa mère et ça le mit encore plus de mauvaise humeur.

— Allez, je ne vous en veux pas. Au début, on a toujours du mal à accepter…

Je vais le tuer ! D'abord lui couper la langue avec un cutter, puis les couilles…

— C'est votre ami le travelo qui m'a remis cette enveloppe pour vous. Comme vous n'étiez pas là, je lui ai dit de me la confier pour pas que ça traîne entre d'autres mains. Les bruits courent vite dans la police. Tenez, Léon.

— Commissaire !

— À mon avis, elle est parfumée !

— Je me fous de votre avis ! Dégagez !

— Pardon ?

— J'ai dit « Dégagez » ! C'est clair ? éructa le commissaire qui sentait grimper sa tension.

— Eh ben on m'y reprendra à rendre service ! Enfin, vous avez de la chance que je comprenne votre problème. Avant, j'étais comme vous. Mais une fois qu'on s'accepte tel qu'on est, ça va mieux.

Qu'est-ce que je fais ? Je le mords ou je pleure ?

— Foutez le camp ou je lâche mon chien ! hurla Léon, hors de lui.

— Bon, bon, je m'en vais. Faut pas crier comme ça !

— Ça va, commissaire ? demanda Nina qui venait d'ouvrir la porte, alertée par tout le vacarme.

— Je veux être seul. Tout seul !

— C'est rien, fit le concierge, il vit mal sa féminité. Tant qu'il la refoulera, il sera nerveux.

Nina faillit en perdre ses faux cils !

Enfin tranquille, le commissaire Léon ouvrit l'enveloppe. Elle contenait un mot d'Irma et une carte d'identité qui avait été déchirée et recollée. Léon lut le mot d'abord.

Cher commissaire,

J'ai retrouvé ça dans la poche du blouson de ma fille. Je ne comprends pas pourquoi elle a gardé cette carte d'identité toute déchirée. Ça m'a intriguée. C'est pourquoi je vous l'apporte à tout hasard. On ne sait jamais ! Comme vous n'étiez pas là, le concierge m'a proposé de vous remettre l'enveloppe.

Irma.

PS : Il est pas un peu toqué, le concierge ?

Le commissaire saisit ensuite la carte d'identité qu'il examina avec une loupe. Impossible de déchiffrer le nom et l'adresse. Mais la photo lui rappelait quelqu'un. Il approcha le document de sa lampe de bureau et jura. C'était Sandra Durieux, dont le corps avait été retrouvé au Père-Lachaise par la bouchère. Cette pauvre fille qu'il avait vue à l'Institut médico-légal, le cœur transpercé par un coup de couteau.

Il téléphona immédiatement à Irma. Ne la trouva pas chez elle. Fit le numéro du Colibri. Tomba sur Jeannot.

— C'est Léon. Irma n'est pas chez toi ?

— Si, elle vient juste d'arriver. Le capitaine lui a fait plein de photocopies avec la photo de Marie et on en a mis partout. J'ai appelé des copains de bistrot qui sont occupés à en placarder dans tout Paris !

— Extra !

— J'te la passe ! fit Jeannot.

— Commissaire ? Vous avez reçu mon enveloppe ?

— Oui. À ce propos, est-ce que vous avez une idée de l'endroit où Marie a pu trouver ça ?

— Pourquoi, c'est quelque chose d'important ?

— Je veux ! C'est la carte d'identité de la gamine retrouvée assassinée par la bouchère !

— Oh mon Dieu ! Jeannot, un whisky !

— Écoutez, Irma, creusez-vous la cervelle et tâchez de voir d'où ça peut provenir. C'est peut-être une piste ! Si quelque chose vous revient, je suis à la PJ. Appelez-moi tout de suite !

— Bien sûr, commissaire.

Restait plus qu'à prier. Black & White !

59

Gagner du temps… Croire jusqu'au bout à sa bonne étoile !

Marie se répétait sans cesse cette phrase. Elle avait employé une mauvaise tactique, tenté de faire fléchir ce détraqué, de lui faire comprendre l'horreur de ses gestes et l'absurdité de son raisonnement. Marie était spontanée et parlait toujours avec le cœur. Mais ici, il fallait tricher. Pour battre le fou, il faut l'amener à croire qu'on pense comme lui. Faire semblant d'entrer dans son jeu. Jamais aller contre lui !

L'homme à l'écharpe bleue apparaissait entre les lignes de couleur. Marie ne distinguait pas son visage. Seul détail, une boucle en or à l'oreille droite. Il disparut au moment où Valdès poussa la porte de la cave. Ou plutôt de l'espèce de blockhaus dans lequel Marie était enfermée. Elle aurait aimé qu'il lui laisse son écharpe pour étrangler le monstre.

— C'est beaucoup mieux !

— J'ai réfléchi à tout ce que vous m'avez dit. Je crois que je comprends votre point de vue.

— Voilà qui me ravit pour toi ! Ton âme sera sauve. Ne serait-ce qu'à travers ton art. La mort est un cadeau. Elle nous aide à relativiser toutes choses. Sans elle, l'art n'existerait pas. Tu es d'accord ?

— Bien sûr…

— Menteuse.

Il joue, Marie ! Ne te laisse pas avoir !

— Vous croyez qu'on a envie de mentir quand on sait qu'on va mourir ?

— Les femmes mentent toujours. Surtout quand elles s'imaginent qu'elles disent la vérité.

Laisse-le parler. Il se prend pour un génie et adore s'écouter.

— Seul l'art est un mensonge qui dit la vérité.

— Donc, une femme qui ment est une œuvre d'art.

— Je te défends de comparer un être fruste qui mange et qui défèque à de l'art !

— Je plaisantais…

— On ne plaisante pas avec ces choses-là. L'art est sacré. Demain soir, ta toile doit être terminée. Un flic est venu rôder. Il cherchait ta copine. Il a aussi demandé si je ne te connaissais pas. Je lui ai assuré que non. Et il est reparti avec ses petites questions et son petit calepin. Ce minable ne reviendra plus. Mais sait-on jamais ? Mieux vaut prévoir. Il te reste une nuit. Je compte t'enterrer celle d'après. Si ta toile me plaît, je te laisserai le choix du peintre.

— Lautrec.

— Ah, non ! La place est prise !

— Vous y avez mis Carine, c'est ça ?

Il se contenta de sourire.

Salaud !

— Tu as encore un peu de temps pour réfléchir. Plus beaucoup. Je te tuerai peut-être avant…

Marie sentit la pointe d'un couteau pénétrer la chair

de son épaule. Elle frissonna. Valdès enfonça encore un peu plus la lame. Presque jusqu'à l'os. Au moment où elle allait crier, il la retira. Des gouttes froides perlaient sur sa peau.

« C'est la mort qui pleure », aurait dit sa grand-mère.

60

Léon avait presque terminé le paletot de Babelutte. Il en était à l'encolure. Tout en faisant ses diminutions, il réfléchissait à sa visite chez Valdès. Un détail lui avait-il échappé ? Le commissaire était venu à l'improviste et n'avait rien trouvé de suspect. Valdès n'avait vraisemblablement pas heurté la mobylette de Marie puisque la patronne du Loup du Faubourg n'avait rien entendu. Or, d'après la jeune fille, ça s'était passé juste devant chez elle, rue de la Roquette. Pourquoi Marie avait-elle menti ? Où était-elle allée après avoir repéré Valdès au resto ?

Le commissaire avait envoyé Pinchon pour enquêter dans le quartier de la Bastille. Personne ne se souvenait d'un accident ou d'un accroc dans la rue ce jour-là. Mais ce qui énervait le plus Léon, c'est qu'il avait l'impression d'avoir toutes les cartes en mains sans savoir laquelle jouer. Il se sentait impuissant, dans un état d'attente forcé. Plus que quelques points, et Babelutte serait bientôt l'heureux propriétaire d'un magnifique paletot vert en laine des Pyrénées. Il pourrait se pavaner devant les cabots de la rue Lepic. Comme chaque fois que le commissaire ramenait un de ses ouvrages en tricot à la maison, il disait qu'il avait reçu ça en cadeau d'une mémé à qui il rendait de menus services.

— Des pots-de-vin ! avait répliqué sa mère le jour où il avait rapporté un couvre-bouteille en forme de caniche qu'il avait tricoté pendant l'affaire Thierry Paulin, le tueur de vieilles dames.

Le plus dur, ça avait été les pompons pour les oreilles, les pattes et la queue.

Le téléphone sonna.

— Allô, commissaire ? C'est Irma.

— Ah ! fit-il avec satisfaction.

— Je crois que j'ai une piste pour la carte d'identité qui était dans la poche de Marie… Le seul qui, à ma connaissance, ramasse tout ce qui est déchiré pour le plaisir de recoller les morceaux c'est le Pin's.

— Qui ça ?

— Le nain qui vend des babioles dans notre quartier. Vous avez sûrement dû le croiser ! Il se trimbale toujours avec une grosse valise à roulettes. Je vous ai raconté qu'il baisait avec la bouchère et qu'il lui filait des bouquins de sorcellerie.

— Où il crèche, cet énergumène ?

— Il a sa caverne d'Ali Baba dans le fond de l'impasse Germain-Pilon.

— D'où m'appelez-vous ?

— De Belleville. Comme le pendu était du coin et qu'il travaillait au resto où Marie allait avec sa copine, j'ai pensé que ce serait utile que je me balade par ici avec la photo de ma fille… Mais ça n'a rien donné.

— Ne vous découragez pas, Irma, on est sur une piste. Je fonce chez le Pin's, comme vous dites. Ce type n'est pas clair.

— Commissaire, vous croyez que… Marie est toujours en vie ?

— Irma, les pessimistes n'ont jamais sauvé le monde.

Le commissaire Léon raccrocha et rangea son tricot.

— Désolé, Babelutte, tu devras encore patienter un tout petit peu ! dit le commissaire en enfilant sa veste.

Faudrait la jouer en finesse avec le nain ! Le commissaire n'avait aucun motif pour l'arrêter. Rien ne prouvait que cette carte d'identité provenait de chez lui. C'était juste une supposition d'Irma. Marie avait-elle été fouiller dans ses affaires ? Il s'en était peut-être aperçu et lui avait tendu un piège !

Il traversa la cour, suivi de son chien. Pas de concierge en vue. Il poussa un soupir de soulagement. Croiser cet ahuri des Carpates lui était devenu pénible.

L'odeur du sapin qui pendouillait au rétroviseur de la voiture donna la nausée au commissaire. Il le détacha et le balança par-dessus bord. Ouf !

Au moment où il s'apprêtait à démarrer, quelqu'un frappa sur la vitre arrière.

— Commissaire, vous avez perdu ça !

Nina Tchitchi tenait la « fraîcheur des pinèdes » entre ses doigts manucurés.

— Je ne l'ai pas perdu, je m'en suis débarrassé.

— Ah ? C'est joli pourtant. Et en plus, ça sent bon.

— Je vous l'offre.

— Oh, merci, commissaire ! Dites, vous allez de quel côté ?

— Pourquoi, vous voulez que je vous emmène ? J'ai pas pris le panier pour le pique-nique.

— Non, c'est parce qu'il y a des manifs et vous risquez d'être bloqué.

— Merde, j'avais oublié ! Merci Nina.

Il laissa la voiture et emmena Babelutte avec lui dans le métro. Les gens, entassés comme des sardines, avaient l'air maussades. Le gros de la foule descendit à la gare du Nord. Léon s'assit à côté d'une dame qui sourit au chien et lui fit une petite caresse.

— C'est quoi comme race ?

— Un lévrier nain de Laponie.

— Ah ! Il a l'air très intelligent.

— Il allume la télé tout seul.

Barbès. Léon salua la dame et descendit du métro. Fallait changer. Encore deux stations et il était à Pigalle. Quelques poivrots étaient affalés sur les bancs à côté de leur litron de rouge, tandis qu'une vieille mendiante alpaguait la foule en tendant la main : « Bonjour mesdames, bonjour messieurs. Je n'ai plus vingt ans. Une petite pièce serait la bienvenue car je ne peux plus vendre mon cul ! » Les gens se marraient et lui donnaient de la monnaie. Léon pensait que, pour cacher la misère, l'humour est le plus noble des vêtements.

Arrivé à Pigalle, le commissaire remonta la rue Houdon, proche de l'impasse Germain-Pilon. Il espérait que le nain serait chez lui. Sinon, resterait plus qu'à l'attendre. Soudain, Babelutte fonça ! Il venait de reconnaître Émile, le chien de la voisine, devenu héros d'un roman policier et pour lequel il ressentait une attirance particulière. Chaque fois qu'ils se croisaient, les deux clébards ne pensaient qu'à une chose : s'enfiler ! Émile attendait son petit maître à la sortie de l'école.

— Babelutte, on n'a pas le temps ! se fâcha Léon.

Mais le chien avait déjà grimpé sur Émile, tout content de cette rencontre. Trop bon !

C'est alors qu'il le vit ! Le nain dévalait la rue avec sa valise à roulettes. Le commissaire attrapa Babelutte par le collier et l'obligea à le suivre. Le chien grogna.

— Désolé, mon vieux, ce sera pour une autre fois.

Quand Léon allait voir les putes, Babelutte ne le dérangeait pas ! Quel manque de savoir-vivre !

Le nain prit la rue André-Antoine, salua les deux gros travelos aux bas résille déchirés, ficelés comme des rôtis de dindonneau dans leur jupe en latex. Ils avaient une tronche à jouer dans *Freaks*. Léon attendit de se trouver dans l'impasse Germain-Pilon, pour coincer son olibrius.

— Bonjour ! Commissaire Léon. J'ai quelques questions à vous poser.

— Ah oui ?

Il avait plutôt une bonne bouille. Des petits yeux vifs et pétillants, pas une tête d'assassin, pensa Léon. Mais il en avait connu, des serial killers à qui on aurait donné « le bon Dieu sans confection », comme disait sa mère.

— Ce ne serait pas à vous, par hasard ? demanda le commissaire en lui tendant la carte d'identité recollée.

— Ah, ben si ! Je l'avais oubliée dans la photocopieuse chez le capitaine… Quand je suis allé voir, elle y était plus. Y a des malhonnêtes, quand même !

— Pourquoi vous vouliez photocopier ça ?

— Parce que chaque fois que j'ai réussi à recoller un document, j'en fais une photocopie que j'envoie à mon frère. Il a la même passion que moi. C'est une manière amusante de communiquer…

— C'est ici que vous habitez ?

— Euh, c'est ma garçonnière occasionnelle. C'est plutôt un endroit où j'entrepose ma marchandise, car la plupart du temps je couche ailleurs...

— Avec la bouchère, par exemple !

— Ah ! Vous avez vu Irma ? Quelle voyeuse, celle-là !

— Que fabrique la bouchère avec des bouquins de sorcellerie ?

— Vous savez ça aussi ? Écoutez, commissaire, je couche de temps en temps avec, d'accord. Elle a des nichons énormes et ça me branche. Mais pour le reste, je ne m'occupe pas de sa vie et je m'en fous ! Je pense simplement qu'elle est un peu détraquée et plutôt caractérielle. Son cul m'intéresse plus que sa tête. Moi, j'suis un marchand ambulant. Vous me demandez un couteau électrique qui brille dans le noir, je vous le fournis, mais je ne veux pas savoir si c'est pour découper le gigot ou tuer votre belle-mère.

— Je peux entrer dans votre antre ?

— Sûr ! Et si quelque chose vous plaît, servez-vous ! Je vous ferai un prix d'ami...

— Merci, mais je ne suis pas venu pour ça.

Le commissaire avait déjà vu du *brol*, comme on dit en Belgique, mais à ce point-là, jamais ! La pièce était un véritable foutoir ! Dans un des petits coins de cette poubelle géante trônaient un lit et une table, un peu plus loin un évier pourri et un réchaud à gaz. Il n'y avait pas de fenêtre. Une lumière blafarde donnait à ce lieu un parfum d'apocalypse !

— Asseyez-vous, proposa le nain en avançant une chaise de style ancien qui détonnait avec le reste du mobilier.

— Je voudrais surtout savoir comment vous avez été en possession de cette carte d'identité.

— Pourquoi ? Qu'est-ce qu'elle a de particulier ?

Ou bien il sait et il joue au naïf, ou bien il ignore de quoi il s'agit.

— C'est celle de Sandra Durieux, la fille assassinée que la bouchère a découverte au cimetière du Père-Lachaise.

— Mince !

— Avouez que vous l'avez trouvée chez la bouchère…

— Pas du tout ! Je vous l'ai dit, commissaire, je ne fouille que dans sa chatte, pas dans ses affaires. Pour qui me prenez-vous ? Je suis un gentleman !

— D'où ça vient, tout ça ? demanda Léon en montrant le tas de misères.

— Des poubelles, des salles de ventes, des greniers…

— Et la carte d'identité ?

— D'une poubelle. J'adore recoller les morceaux.

— Elle était où, cette poubelle ? Vous vous en souvenez ?

— Vous avez de la chance que j'aie une bonne mémoire, commissaire ! La poubelle se trouvait dans l'allée des Brouillards…

— Vous êtes sûr ?

— Certain.

— Pourriez-vous m'accompagner pour me montrer l'emplacement exact ?

— C'est que j'avais un rancard très important, et…

— Je vous relâche après.

— Bon, soupira le nain en sortant un drôle d'engin de sa poche.

— C’est quoi, ce truc ?

— Un portable qui fait rasoir en même temps. C’est japonais.

— M’étonne pas ! Allez, dépêchez-vous, il n’y a plus une minute à perdre !

Tandis que le commissaire appelait du renfort pour le rejoindre allée des Brouillards et qu’il demandait à Bornéo de se débrouiller pour amener un mandat de perquisition, le Pin’s avertissait sa fiancée qu’il serait un peu en retard.

— On prend un taxi ? demanda le nain.

— Non, on y sera plus vite à pied ! C’est tout près.

Le commissaire faisait des grands pas et le nain n’arrivait pas à le suivre. Finalement, Léon décida de le prendre sur ses épaules. Une plume ! Ou presque. Babelutte avait choisi quant à lui de les suivre sur le trottoir d’en face.

— Dites, commissaire, qu’est-ce qu’il a votre chien ? Il est toujours comme ça ou il fait la tronche ?

— Il est furax parce que je l’ai empêché de tirer son coup tout à l’heure.

— J’ferais pareil à sa place ! Pauv’bête !

Le portable du Pin’s sonna.

— Allô, mon petit poussin des îles ? Tu ne devineras jamais où je suis ! À dos de chameau !

— Merci ! grogna le commissaire.

— Oui, dans le désert. Je t’appelle quand je rentre à Paris. Mais oui, je t’aime ! Bye bye !

— Menteur !

— Mais non, commissaire, je suis un affabulateur ! Pas pareil. Aux femmes, il faut leur donner du rêve ! Elles adorent ça. Ma mère dit toujours qu’elle préfère un homme qui ment qu'un homme avec lequel elle s'ennuie.

— Vous n'aviez pas rendez-vous ?

— Si, mais pas avec celle-là.

— Vous êtes un sacré dragueur, vous !

— Le bon Dieu a créé les fruits pour qu'on les croque. C'est ici, dit le Pin's en désignant la plus grande des maisons de l'allée des Brouillards.

— Merci. Vous pouvez y aller, dit le commissaire en s'abaissant pour que le Pin's puisse se récupérer sans se faire mal en sautant

Les flics venaient d'arriver. Le commissaire leur demanda de se disperser discrètement autour de la maison.

— Quand le lieutenant Bornéo sera là, dites-lui de venir me rejoindre. À Pinchon aussi. Toi, Babelutte, tu restes ici !

Il escalada le mur qui masquait la maison de Valdès et sauta dans le jardin. Puis il contourna la façade arrière et entra par la porte de la cuisine. Personne. Il pénétra dans le salon, revolver au poing.

61

Babelutte n'aimait pas ça du tout ! Non seulement son maître l'avait empêché d'honorer son copain Émile, mais en plus il le larguait de l'autre côté du mur comme un malpropre !

Il jeta un coup d'œil torve aux flics qui attendaient dans la voiture, en vit quelques autres qui jouaient à cache-cache dans les buissons d'en face… Apparemment, personne ne faisait attention à lui, c'était le moment d'y aller !

Il longea le mur, fit semblant de pisser au cas où un des flics aurait eu l'idée de le surveiller, puis s'engouffra dans le trou qu'il avait repéré un peu plus loin, là où les pierres étaient pourries.

C'est ainsi que Babelutte se retrouva à son tour dans le jardin. Il eut beau renifler, il ne sentit pas par où son maître était passé. Soudain, il aperçut un autre trou, à moitié camouflé par des herbes sous une fenêtre, et décida d'aller faire un tour par là.

Personne n'entendit le hurlement qu'il poussa en tombant.

62

La première fois qu'il était venu chez Valdès, Léon avait trouvé sa maison plutôt agréable, peut-être parce qu'un rayon de soleil habillait ce lieu d'une douce lumière. Mais là, ce n'était plus pareil ! Les murs blancs n'étaient plus poudrés d'or, ils reflétaient le froid glacial de la mort. Les quelques objets avaient pris un aspect agressif et il régnait dans ce salon une atmosphère suffocante que le commissaire avait du mal à supporter. Pourtant, la pièce n'avait pas changé ! C'était comme si, soudain, cette maison était devenue vivante. Il l'entendait respirer…

Le commissaire Léon ne vit pas le rideau rouge se soulever derrière lui.

— Bonjour, commissaire !

Il sursauta et se retrouva avec le canon d'un revolver pointé sur lui.

— Lâchez votre flingue.

— Soyez raisonnable, Valdès.

— Lâchez-le ou je vous descends !

Le commissaire obéit. Valdès avait un curieux rictus, les cheveux ébouriffés et les mains pleines de sang.

— Qu'est-ce que vous venez encore faire chez moi ?

— Où est Marie ?

— Je ne sais pas.

— Vos mains…

— C'est de la peinture. Vous n'avez pas le droit d'entrer ici comme un voleur ! Vous avez un mandat ?

— Oui, mentit le commissaire. Ne jouez pas au dur avec moi, vous êtes dans de sales draps, mon vieux. Je suis venu vous arrêter pour meurtre.

— Ah oui ? Et j'ai tué qui ?

— Les jeunes filles qu'on a retrouvées dans les cimetières.

— Vous avez des preuves ?

— La carte d'identité de Sandra Durieux était dans votre poubelle.

— Et alors ? N'importe qui peut jeter n'importe quoi dans les poubelles en passant !

— Curieux que ce soit justement elle qui ait été assassinée, non ?

— La vie est faite de coïncidences…

— Oui, mais vous vous les multipliez ! Vous avez acheté une toile à Carine Richez et celle-ci a disparu. Et Marie, qui vous avait repéré grâce à votre numéro de plaque d'immatriculation, est devenue introuvable également.

— Et alors ? Ça ne fait pas de moi un assassin !

— Si vous aviez l'âme en paix vous n'auriez pas surgi tel un diable hors de sa boîte, en braquant votre arme sur moi !

— J'ai cru que vous étiez un voleur !

— Où est Marie ?

Soudain, un bruit au-dehors attira l'attention de

Valdès. Il vit des ombres se glisser le long du mur et comprit qu'il était entouré de flics. Ça le fit sourire…

— Je vous ai demandé où était Marie ! insista le commissaire.

— Pas de chance ! Je viens juste de la tuer, dit-il en passant son doigt plein de sang au bord de ses lèvres.

— Vous êtes un monstre !

— Pas du tout ! Grâce à moi elle a pu peindre un chef-d'œuvre ! Comme toutes les autres. Mais vous ne pouvez pas comprendre. L'art n'est accessible qu'aux grands de ce monde.

— Dont vous faites partie, bien sûr !

— Ça me paraît évident.

— Pourquoi avoir mutilé ces filles ?

— On voit que vous n'êtes pas collectionneur, commissaire. L'œuvre est indissociable de la main qui l'a créée.

— Et Bobby Rouski ? C'est vous qui l'avez tué, n'est-ce pas ?

— Cette petite pédale avait donné rendez-vous à un de ses gigolos en pleine nuit, dans un cimetière où il m'avait surpris en train d'enterrer une fille. Il voulait me faire chanter. Pauvre con.

— Et le mot AGLA ? C'était pour que les fantômes des personnes que vous avez assassinées ne viennent pas vous hanter la nuit, c'est ça ?

— Je n'ai peur de rien, commissaire. Et surtout pas de mourir. C'est pour ça que je ne suis pas artiste. Mais j'aime l'art plus que ma vie.

Valdès recula doucement vers la peinture au-dessus du buffet, le revolver toujours pointé sur le commissaire.

— Ne faites pas le con !

Valdès avait l'air calme. Il souriait.

Un bris de vitre provoqué par Bornéo le fit sursauter.

— Lâchez votre arme ! hurla le lieutenant.

Mais Valdès n'obéit pas. Son regard avait déjà tué le commissaire. Il s'apprêtait à appuyer sur la détente quand une détonation fit éclater son crâne dont les morceaux giclèrent un peu partout. Il s'écroula sur le sol, fixant le tableau de ses yeux morts.

Valdès venait de signer son premier chef-d'œuvre : des étoiles filantes rouge sang sur un mur blanc. Presque du Kandinsky. Quelques-unes avaient éclaboussé la peinture, une dernière image qu'il avait emportée au bout de la nuit. Elle était signée « Gala ». La muse de Dali. Le début du prénom et du nom de la femme de Valdès : Gabrielle Lazare. Et l'anagramme d'AGLA.

63

Comme un personnage tombé d'un tableau de Bacon, Valdès gisait dans une mare de sang, le crâne éclaté. Les flics s'affairaient autour de lui, pareils à des mouches bourdonnantes, récoltant çà et là des morceaux de cervelle dans des sachets en plastique.

Pendant ce temps, suivi de Bornéo, le commissaire Léon soulevait la tenture rouge derrière laquelle Valdès était apparu. Elle masquait une porte ouvrant sur un escalier en pierre qui menait à une salle d'exposition. Ils eurent un haut-le-cœur en découvrant la collection macabre de Valdès. Près d'une vingtaine de toiles étaient accrochées aux murs avec, en dessous de chacune, un avant-bras et une main enfermées dans un tube rempli de liquide.

Des œuvres pleines de souffrance, avec des relents de Spitzner, pensa Léon.

— Regarde, dit Bornéo, le dernier tableau est signé Carine Richez !

La signature de Marie ne figurait sur aucune des peintures. Le commissaire Léon tournait comme un lion en cage. Pas de trace de la jeune fille. Et si Valdès l'avait déjà enterrée ? Et ce sang sur ses mains…

— Viens, on va fouiller là-haut, décréta le commissaire. Il l'a peut-être séquestrée au grenier…

Bornéo et lui s'apprêtaient à rebrousser chemin lorsqu'un gémissement leur parvint au-delà de la cloison.

— Babelutte !

Léon chercha une issue, tâta les murs lisses. Rien ! Puis il souleva chacun des tableaux, et au dixième décela un mécanisme qui fit coulisser un panneau découvrant un long couloir sombre. Le commissaire trouva son chien un peu groggy, mais il n'avait rien de cassé. Il le prit dans ses bras et le serra contre lui. Cette boule de poils n'était peut-être pas une lumière, mais il l'adorait.

Au bout du couloir, il aperçut une porte. Elle n'était pas fermée à clef. Le commissaire l'ouvrit et se retrouva dans un bloc opératoire. Bornéo entra à son tour et frissonna en voyant de gros tubes vides destinés sans doute à contenir d'autres bras. Sur une table carrelée, un grand couteau effilé sur lequel étaient accrochés des lambeaux de peau…

Valdès avait dû percevoir la présence de quelqu'un là-haut et être interrompu dans son travail. Mais avait-il eu le temps d'injecter du cyanure à Marie ?

Le commissaire et son adjoint retournèrent dans le couloir. Il n'y avait plus une minute à perdre ! Au moment où ils s'apprêtaient à quitter la cave, Babelutte, qui s'était échappé des bras de son maître, se mit à gratter frénétiquement au pied du mur, sur la terre battue.

— Qu'est-ce qu'il a, ton chien ? demanda Bornéo.

— Je ne sais pas… Allez, viens, Babelutte !

Mais l'animal n'écoutait pas. Il continuait à gratter.

Léon s'approcha de lui pour le prendre dans ses bras et vit une charnière au niveau du sol. En tâtant la paroi, il remarqua une fente un peu plus en hauteur. Peut-être une ouverture…

— Va me chercher une tige de fer ou quelque chose du genre dans le bloc opératoire, demanda-t-il à Bornéo.

Celui-ci revint quelques secondes plus tard avec un gros tournevis. Le commissaire força la porte… Et là, dans une sorte de bunker éclairé par un néon, ils découvrirent Marie évanouie, la peau soigneusement découpée tout autour du bras, au niveau du coude. Du sang coulait sur le sol humide. Devant elle était posée une peinture aux couleurs de la vie.

64

La jeune fille fut emmenée à l'hôpital où on la garda quelques jours en observation. Irma allait la voir tous les après-midi. Elle lui apporta son ours en peluche. Et des tonnes d'amour.

Marie quitta l'hôpital un dimanche. Ce soir-là, tout le monde l'attendait pour faire la fête au Colibri. Malgré sa tristesse d'avoir perdu son amie, elle ne bouda pas le plaisir d'être encore en vie.

— Alors, ma biche, ça va ? demanda Jeannot qui, pour la circonstance, avait été chez le coiffeur.

En guise de réponse, la jeune fille lui donna un gros bisou.

— Mon père n'est pas encore là ?

— Non…

— Bizarre ! Il m'a pourtant demandé que je le rejoigne ici.

Rose était, comme toujours, perchée sur son tabouret et tapait le carton devant un demi. Brushing impeccable, pantalon bien repassé, elle semblait sortie d'un paquet cadeau. Assis dans son coin avec Babelutte à ses pieds, le commissaire Léon guettait le moment où elle allait en lâcher une ! Ça ne tarda pas !

— Je vais te faire bouffer tes couilles, Gégé ! cria-t-elle en jetant un as sur le comptoir.

Bibiche papotait avec Mimi de sa dernière acquisition achetée au nain : une pyramide dont la pointe servait de taille-crayon à maquillage.

— Le seul inconvénient, c'est que ça prend la moitié de la table du salon. Mais c'est beau.

— Ouais, quand on aime l'Égypte, dit Mimi qui continuait à surveiller sa laverie d'un œil.

Mais ce qui intriguait tout le monde, c'était cet énorme paquet dans le fond du café, près des toilettes.

— Tu ne veux toujours pas nous dire ce que c'est ? demanda Maurice qui avait finalement revendu son vélo.

— Non, tout à l'heure.

Le nain entra, accompagné d'une superbe nana, la fiancée de Roger Rabbit ! Le commissaire Léon faillit s'étrangler en la voyant. Un canon !

— Bonsoir tout le monde ! lança le Pin's avec un grand sourire.

Couché sous la table, mort de honte, Babelutte essayait d'enlever la ridicule chaussette verte que son maître lui avait enfilée et qu'il appelait pompeusement « paletot ». Debout près de la porte, Marie rêvait.

— Alors, on peut enfin la voir, cette surprise ? demanda Gégé.

Jeannot quitta le comptoir et, d'un geste théâtral, déchira le papier, découvrant une multitude de lampes clignotantes sur un tableau.

— Un flipper ! grogna Rose. Ça fait du bruit ces saloperies ! On va plus s'entendre jurer ici !

— Évidemment, quand on sait pas jouer, railla Gégé.

— Toi, va te faire voir chez Plumeau !

À propos de plumeau, Nina Tchitchi débarqua, arrachant un sifflement admiratif à un client qui se tenait au comptoir comme à un bastingage. Elle chercha le commissaire et alla s'installer à sa table.

— Qu'est-ce que vous faites ici ? s'étonna-t-il.

— Bornéo m'a dit que vous lui aviez donné rendez-vous pour goûter au vin de Montmartre. Et comme il ne pouvait pas venir à cause du petit dernier, qui a la coqueluche, il m'a demandé de vous prévenir. J'ai pensé, vu que j'avais rien d'autre à faire, que ce serait plus sympa de vous passer le message de vive voix.

Mon pauvre Léon ! Tu vas devoir te la farcir toute la soirée !

— Pourquoi vous me regardez comme ça, commissaire ?

J'hallucine !

Nina avait fabriqué des boucles d'oreilles avec les sapins « senteur des pinèdes » gagnés par sa mère.

— Ah oui, c'est original, n'est-ce pas ? dit-elle en secouant la tête. J'ai gardé le petit sapin que vous m'aviez offert et j'en ai trouvé un autre dans les toilettes de la PJ pour faire la paire.

Cette fille a vraiment des goûts de chiotte !

— Y a une surprise pour vous dans votre bureau, annonça-t-elle la bouche en cœur.

Aïe, aïe !

— Avec Pinchon, on se demandait si c'était un portemanteau de chez Tati ou une sculpture de César. C'est le curé qui l'a apporté.

Le Christ fabriqué avec des canettes de Coca ! Mais pourquoi j'ai été lui donner cette idée débile ?

— Si ça vous plaît, je vous l'offre ! déclara le commissaire Léon dont la générosité n'avait pas de limites.

Nina rougit. Elle prit ça pour une avance et allongea son pied sous la table. Accrocha son talon aiguille dans le paletot vert pelouse du chien et tenta de s'en dégager. Au moment où elle tira sur le bout de laine, détricotant ainsi l'œuvre d'art du commissaire, et s'octroyant la reconnaissance éternelle de Babelutte, le bistrot fut plongé dans le noir.

Musique !

« Madame Édouard » apparut dans un halo de lumière tamisée, tout en éclats de paillettes, avec son collier en strass et ses chaussures à talons. Moulée dans une robe noire qu'elle avait dû un peu élargir, Irma se mit à chanter en faisant virevolter les mèches blondes de sa perruque.

« Arriva, Gigi l'amoroso ! Croqueur d'amour, œil de velours, comme une caresse... Gigi l'amoroso, toujours vainqueur, parfois sans cœur, mais jamais sans tendresse ! »

Dehors, sur le trottoir d'en face, un homme avec une écharpe bleue regardait Marie qui souriait près de la porte.

POCKET N° 14972

« *Nadine, you are crazy, but I love that !* »

John Malkovich

Nadine MONFILS
LES VACANCES D'UN SERIAL KILLER

En quittant sa fabrique de boulettes pour l'été, Alfonse s'imaginait pépère au soleil de la mer du Nord. Des vacances ? Tu parles ! On n'a pas fait 100 bornes que sa femme et ses gosses lui tapent sur le système. Sans parler de sa belle-mère qui a décidé de jouer les Bonnie and Clyde avec le premier julot venu. C'est sûr, elles vont être belles les cartes postales !

MÉMÉ CORNEMUSE 1

Retrouvez toute l'actualité de Pocket sur :
www.pocket.fr

Ouvrage composé par
PCA 44400 Rezé

Imprimé en France par CPI
en août 2016

POCKET - 12, avenue d'Italie - 75627 Paris Cedex 13

N° d'impression : 2024668
Dépôt légal : octobre 2015
S25645/02